JN108377
SAMIDARE KYOSUKE
五月雨きょうすけ
MASHIMASAKI
マシマサキ
ホムンクルスはROMらない
～異世界にいるホムンクルスがレス返ししてきた件～

Contents

プロローグ

ある人形の記録

「作戦は失敗だ……プランFに則り、作戦領域から脱出する」

足元に転がる救出対象の遺体を見つめ、ヴァイツェン司令は低く震えた声で撤退命令を発した。

プランF――――〝即時撤退。分隊への連絡を行わず、この身を賭して司令官を生還させる〟派兵当初の救出対象である捕虜トーマス・パールトン中将は既に生命活動を停止している。遺体の腐食具合から本作戦決行以前に殺害されていたと推察。制圧された都市からの捕虜の救出という作戦目的は当初から破綻していた。現状における最優先事項は生還し、この城塞都市アイゼンブルグの現状を本国に伝えることだが、

「プランF成功の可能性は極めて低い。情報伝達が目的であるならば生存能力の低いヴァイツェン司令ではなく我々を帰還させることを提案する」

我々の一人が現状を分析した最適解を進言する。だが、ヴァイツェン司令は頬を震わせて怒鳴り散らす。

「貴様はこの俺に死ね、と言っているのか？　ふざけるなよ！　人形(ホムンクルス)風情が主人(マスター)を犠牲にして生き延びたいと」

「否。我々の生還の優先順位は下位。しかし、最優先されるのは本国への情報伝達。本救出作戦の失敗の報告ができなければ本国の戦略に遅延、誤判断を招く恐れが」

「黙れ黙れ黙れ黙れぇっ！　俺は人間だ！　人間の保護を優先するのが貴様らの基本ポリシーというやつだろう？　だったらこの俺を守れ！　そのための肉壁となれ！」

我々の一人が発した提案をヴァイツェン司令は却下した。

我々は合理的に考えてヴァイツェン司令の保護は優先すべき事項ではないと判断した。しかし、合理的判断よりも主人（マスター）の命令を優先する。我々はそのように作られている。

よって、プランFを開始する。敵に遭遇しないように作戦領域外への脱出を――


「WOOOOOONN！」


建物全体を震わせるような雄叫びが我々の前面にある石造りの壁の向こう側から聞こえた瞬間、轟音とともに壁が砕かれ、石飛礫（いしつぶて）となって我々に降り注いだ。

「ひ、ヒイッ！」

ヴァイツェン司令は身をかがめた。もっとも彼は我々に守られているため不要な回避行動である。

崩れた壁の向こうには身の丈三メートルはある巨人族（トロル）が丸太のように巨大な棍棒を手に持って立っていた。壁の破壊は奴の手によるもの。我々は待ち伏せされていた。

「て、撤退！　撤退せよ！」

先程の石飛礫によるダメージが大きい個体二体を足止めにして、建物の外に逃げた。

「急げっ！　雑魚に構うな！」

街路を進む我々はヴァイツェン司令の命令に従い、前方より襲い来る敵だけを蹴散らしていく。

だが、既に本隊に配属されていた一五体のうち、七体が脱落している。進軍速度は目に見えて遅くなっている。後方からの追撃がすぐそこまで迫っていた。

「ノロマどもめっ！」

顔を真っ赤にしたヴァイツェン司令が我々を追い抜いて走り出した。

「危険。安全は確保されていない。後退せよ」

「うるせえっ！　人形が俺に命令するな！　俺はこんなところで死ぬわけには——ギャアアアああああっ」

横道からヌッ、と伸びてきた腕にヴァイツェン司令は足を掴まれ、そのまま持ち上げられた。

大鬼(オーガ)。魔物の中でも強力な種族。我々でも一対一では倒せない。まして、我々より能力が格段に劣るヴァイツェン司令では。

「嫌だああああ！　助けて、助けて、あっ……アアアアアアアッ！」

大鬼(オーガ)に命乞いは無意味だ。ヴァイツェン司令の両足を掴んで力任せに股から胴体を真っ二つに引き裂いた。激痛によるショックのためヴァイツェン司令は瞬時に絶命した。

プランF失敗。主人(マスター)の死亡を確認。事前命令どおり、プランG——〝各個体、臨機応変に対応。戦闘を継続〟——に移行する。

眼の前にいる犬人(コボルト)を叩き切ったと同時に剣が折れた。戦闘継続は困難。

壁によじ登り、そのまま建物の屋根に飛び移る。既に街中で我々を掃討しようとする魔物が動き回っている。プランの移行を伝えられていない分隊は各個状況判断を行い、陽動作戦に移行している。街の各所で信号弾が上がり、敵勢力の分散を図っている。現状で脱出の可能性があるのは本隊の我々八体のみ。本国への情報伝達という目的を達成するためには生還するのは一体だけでも構わな――

「生……還？」

現時点で隊に人間はいない。生還というのは人間に使う言葉であって我々には不適切。つまり、我々は生還できない。そして、プランＧにも我々の撤退は含まれていない。それが意味することは――


作戦内容と合理性の矛盾に行動が抑制されたその瞬間、肌が熱を帯びた空気に触れられた。直後、先程まで自分がいた街路に極太の熱線が走った。熱線は街路にいる動くもの、動きを止めたもの、全てを焼き尽くした。先程まで勝ち誇るように仁王立ちしていた大鬼（オーガ）すらも消滅していた。

「魔力感知範囲拡大――――ッ!?」

想定を遥かに上回る魔力を持つ生命体の反応が検知された。おそらくはあの熱線を発射した個体。徒歩の速度でこちらに向かってきている。目的は我々の殲滅（せんめつ）だろう。

勝算は皆無。抗戦は無意味。

距離を取るため、屋根伝いに全力で疾走する。幸い、今は夜の闇が鳥型の魔物の視界を妨げている。このまま街を囲む城壁までたどり着き、そこを越えれば――――


ドンっ！

と自分の頭蓋を叩く音が鳴った。姿勢が崩れていくことを止められないながらも周囲を見渡す。離れた屋根にて我々の一体が魔物と戦闘をしている。その魔物が行使した放出系の魔術が流れ弾となって……僕に直撃したのか。

「不運だ」

と、呟いて、街路側の茂みに落下した。

自動修復機能——稼働中。完治まで一二時間と予測。

損傷過大のため、思考回路の自己チェックを行う。

1章

城塞都市からの脱出

僕は魔法王国サンタモニアで作られた戦闘用ホムンクルス。第九世代エルガイアモデル。個体識別コードは９Ｍ０７９。


サンタモニアは魔法王国と称するほどに古くから魔術の研究が盛んな国家であり、進んだ魔術とそれを利用した魔導技術により国家と民の暮らしは支えられている。

魔術とは生物の体内にある魔力や空間に存在する魔力を術式で制御することにより、現象を発生させる術である。その種類は火や稲妻によって敵を攻撃するためのものから、肉体の負傷を修復させるようなものまで様々である。

魔導技術とは道具に魔術を付与することで魔術を扱えない者であっても魔術で得られる現象を再現することができる技術である。人間の暮らしに即したものであれば夜間照明であったり、水を沸騰させることのできる水差しであったり、生活の品質を向上させるようなものが多く、魔術の恩恵を広めるために進展した技術である……というのが公にされている情報である。


サンタモニアは魔王軍と呼ばれる勢力と一五〇年以上前から戦争状態にある。

魔王軍は「魔王」を称する魔族が率いる軍団で、人間の絶滅を掲げて人間の住まう国々に侵攻してきた。

人間は脆(もろ)い。文明を作り上げるほどの高度な知能と技術を有しているが運動能力は獣に遥かに劣る。また、高度な思考は有用である反面、恐れや怒り、妬み、怠惰、不安といったネガティブな精神活動を行う危険性が高く、それらは当人だけでなく群れの生存に弊害をきたすこととなる。

超越者（イレギュラー）と呼ばれる運動能力が突出した個体が出現することもあるがそれは例外的なものである。

また、繁殖力も低い。受胎から出産まで三〇〇日近くかかる上に多胎出産することは珍しいからだ。その上、成体になるまでに約二〇年の月日を必要とし、幼体の間の能力は他の生物と比べものにならないほど未完成である。彼らがまともに戦闘に参加できるようになるまでに少なくとも誕生から一〇年もの月日を要する。以上の点から、兵器として人間を利用することはあまりに非効率的である。故に、人間に代わって戦闘を行う兵器として、僕達ホムンクルスの開発を開始したのが今から遡ること三〇年前のことである。


開発開始から約一〇年、最初のホムンクルス『アーサー（ファースト・ワン）』が誕生した。

アーサーの開発成功から、サンタモニアはホムンクルスの量産を開始し、今日までに一万体以上のホムンクルスが製造され、魔王軍との戦闘に投入された。僕もその一体である。

ロールアウトしてすぐ、武器の扱い方から敵国の軍備情報まで、兵士として必要な最低限の機能と情報をインプットされ、そして戦場に送られた。

その戦場は魔王軍によって支配されている城塞都市アイゼンブルグだった――


思考回路の自己チェック終了。基盤記憶回路に損傷はなし。直近の記憶についても鮮明に覚えている。今、僕が夜空を見上げるように茂みの中に寝転ぶことになった過程も。

破壊こそ免れたが、運動機能の低下は著しく、戦闘継続は困難である。僕以外の個体はおそらく全滅しているだろう。こうして稼働している事自体が奇跡的な状況ではあるが、やがて夜は明ける。

そうなれば僕はたやすく発見されるだろう。
　救出作戦はすでに目的を失っており、脱出も極めて困難となれば、一体でも多くの敵を倒すことが優先される。だが、こんな状態ではそれすらままならない。どうすればいい？

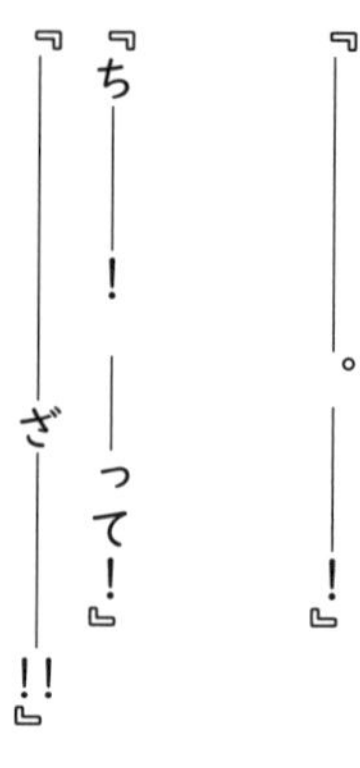

『――――。――――！』

『ち――――！　――って！』
『――――――ざ――――！！』

…………なんだ？　頭の中にノイズ交じりの文字列が浮かぶ。霧が薄れていくようにノイズは減少し、虫食いだらけだった文字列が判読できるようになった。

【転生しても名無し】
ちょ！　こんなところで終わりかよ！
【転生しても名無し】
あきらめたら、そこで試合終了だよ

なんだこれは？　僕の思考――――じゃない。そもそもなんだこの言語……いや、どうしてこれを言語だと判断した？　サンタモニア語には似ても似つかない。イフェスティオやソーエンのものとも違う。だが、文字列を知覚した瞬間、情報を取得した。

【転生しても名無し】
てか、全部あの無能な指揮官が悪い

【転生しても名無し】
ホムホム、がんばれー

ほむほむ？　解読不能。暫定的に固有名詞とする。

無能な司令官……これは、ヴァイツェン司令のことか？

たしかに情報の精査も退路の確保もろくにせず僕達を突入させ全滅させた司令の判断は適切ではなかった。

【転生しても名無し】
お、わかってるじゃん、ホムホム。その通りだよ

【転生しても名無し】
ホムンクルスは使い捨ての武器だと割り切ってるんだろうね。それでもひどいけど

【転生しても名無し】
ん？　てか、これってホムホム……俺らのレス、返してね？

この文字列は通信？　いや、思考回路に直結した通信手段など知らされていないし搭載されているとも考えにくい。秘匿する理由がないから……だとしたら、これは思考回路のエラー？　人間で言うところの幻覚、幻聴の症状。しかしそれでは説明が――

【転生しても名無し】
あ、やっぱそうだ！　めっちゃ混乱しとるけどｗｗｗ
【転生しても名無し】
お、お、お、ちちちつけ。まだまだまだまだ慌てる時間じゃないいいいいいいいいい？
【転生しても名無し】
文字列？　思考回路？　もしかしてレスが見えてんの？
【転生しても名無し】
いったい何が起こってるんです⁉
【転生しても名無し】
おう聞こえるか？　聞こえるなら指を立てて目の前で振ってみろ

仮定した情報を更新――この文字列は意志のある生物が発信している。おそらく発信者は複数。

……そして、不可思議なことに発信者達は僕の思考を把握し、相互交信を試みている。目的は不明。発信者が追手である可能性もあるが、どちらにせよ見つかるのは時間の問題か。

僕は頭の中に浮かぶ文字に従って、指を目の前で振ってみた。すると――


【転生しても名無し】

キターーーーーーー!!

【転生しても名無し】

ちょ、ナニコレ!?　相互通信できんの？

【転生しても名無し】

どうなってんのこれ!?


どうなっているのかは、僕が聞きたい。頭の中を文字列が流れているせいでザワザワする。しかもその文字列は見たことも聞いたこともない未知の言語。なのに、自然と理解できる。

【転生しても名無し】
お、じゃあ言葉の壁はクリアできてるんだね
【転生しても名無し】
おい、だれか三行で説明してやって

【転生しても名無し】
無茶言うなし
【転生しても名無し】
てか、コテ誰かつけてるやつ書き込んで
【◆野豚】
こんな感じで読めるか？　ホムホム

野豚……これは識別記号……いや、名前か。ならば、さっきからあなた達は僕のことを『ホムホム』と呼んでいるのか？

【転生しても名無し】
おおっ！　コテも読めるんだ！　すげえ！
【転生しても名無し】
そうだよ！　君はホムホムだよ！　ホムンクルスだからね！
【転生しても名無し】
安直な名付けだったけど定着しちゃってるよね

なるほど、ホムンクルスの頭の二文字を取って繰り返してほむほむ……いや、そんなことよりもあなた達は一体——

【◆体育教授】
俺たちは別の世界の住人
君が見ているものも聞いているものも頭の中で考えていることも分かる
君が生まれてからずっと、君を見ていた
【転生しても名無し】
体育教授ぐう有能ｗｗｗ

別の世界？　生まれてからずっと？

【転生しても名無し】
せやで。ロールアウトした瞬間からずっとって奴はほとんどおらんやろうが
【転生しても名無し】
最初のうちはかったるかったけどな。知識習得の座学やら軍事教練ばっかで
やけど出撃命令が降りてからここ数日で見ている人増えたなあ
【転生しても名無し】
今は深夜だから過疎気味だけどね
【◆野豚】
詳しいことは説明が難しいし、興ざめだから省略するよ

まあ、暇な妖精が君の頭のなかに住み着いたってことでいいんじゃないかな？

妖精……超常的で物理接触のできない何かが、僕に取り憑いている？

【転生しても名無し】
その理解でおけ……オッケー

【転生しても名無し】
さて、盛り上がってまいりました！

【◆体育教授】
ホムホム、君が戸惑う気持ちは分かるけど、とにかく俺たちの考えていることは一つ
君にこんなところで死んでほしくない
手助けをしたいから、話に乗ってくれないか？

死ぬ？　『死ぬ』は生き物に使う言葉だ。ホムンクルスは物だ。『壊れる』が正しい。

【◆野豚】
人と同じ形をして、五感が備わっていて、知識や経験を吸収して思考することができる君のどこが
生き物じゃないと言えるのかな？

でも僕は人工物だ。サンタモニアが軍人の代用品として作りだした人造人間ホムンクルス。用途を設定されて命令の遂行のみを目的とする兵器に過ぎない。

【転生しても名無し】
人間だって人工物だよ。男と女の営みのね
とにかく、俺たちはお前が死ぬのが嫌なんだ
生きて生きて、その生きざまをもっと見せてほしいんだ
【◆バース】
せやな。特にワイはハッピーエンドが好みやから生きてほしいわ
【◆湘南の爆弾天使】
俺はムズカシイことわかんねえけどよぉ。命令がなくなった今、兵器である必要ねえじゃんかよ
はみ出して生きるってのも悪くねえぜ
【◆まっつん】
あきらめるなよ！　とにかくあきらめるな！
死ぬまで生きろ！
【◆体育教授】
君が生きるのを手伝わせてほしい
生きるというのはまだ知らない何かに出会い、知ること
君は生きるのをあきらめていいほど生きちゃいないから……生きろ

【◆野豚】
たしかに君の命は、誰かのために造られた命なのかもしれない
でも、その命は君のものだ。君が好きなように生きろ

　生きろ。

　何度も僕の頭の中で繰り返された言葉を、改めて自分の思考に乗せる。
　どうやら発信者……妖精達は追手や敵対者でない。むしろ協力的なくらいだ。僕が破壊……死ぬことを良しとせず、意志を尊重しようとする。

　生きろ。

　撤退命令は僕達を生還させる命令じゃなかった。ヴァイツェン司令を生かすために本国への情報伝達なんて理由を取ってつけていたが、彼が死んだ後に移行したプランGは「臨機応変に対応」などという曖昧なものだった。そこには本国に情報を持ち帰れとも生還せよとも示されていなかった。救出対象も護衛対象も失ったホムンクルスに帰る場所はない。サンタモニアの戦闘員としての僕はもう死んだ。
　なのに、そんな僕に妖精達は生きろ、と言う。あまりにも単純で大雑把過ぎる指示に対応するために僕の思考回路は熱を発するほど駆動している。その時、僕は自分の思考回路が胸部にあることを知った。

【◆野豚】
で、どうする？　ホムホム

あなた達の提案に乗る。この場で破壊されることが最善でないことはたしかだ。僕は死なない。当面、〝生きる〟ことを目的として僕は行動する。

【転生しても名無し】
キターーー！

【◆ダイソン】
なんかよく分からんけど、これとんでもないことが起きているのでは？
とりあえずよろ。

【◆バース】
よろしくやで、ホムホム
やけど、まず、この街から脱出せんと生きるもクソもないで

【◆野豚】
そうだね。ホムホム
君の状態を教えてくれる？

戦えそう？

頭部損傷。おそらく内部装置にも影響あり。全身可動部及び装甲に損傷多数。自動治癒にリソースを割り当てているため魔力はほとんど使用できず、現在の出力はノーマルの人間と同程度。武装喪失。脱出経路不明。

【転生しても名無し】
オワタｗｗｗｗｗｗ
【転生しても名無し】
うーん、詰んでるね
【転生しても名無し】
一回でもエンカウントしたら即ゲームオーバーとかクソゲーだろ
【◆バース】
おいおい。ホムホムが聞いてるんやで。やめときや

ところどころ分からない言葉もあるが、僕の作戦領域からの脱出が困難であることを示唆しているらしい。同感だ。
今は運良く敵の目から逃れられているが、それもいつまでもつか分からない。
やがて夜が明ければ夜目の利かないモンスター達、特に鳥型のモンスターが上空から僕を探し始

める。そうなれば終わりだ。

【◆野豚】
タイムリミットは夜明けまで、か
外に出る門はすでに警備体制が敷かれているだろうし、正面突破は難しいだろう
【転生しても名無し】
なんかアイデアないのー？　変装してモンスターの目をごまかすとか、荷物に紛れて抜け出すとか

変装は無理だろう。変身魔術なんて高位の魔術、僕には使えない。荷物に紛れるのも不可能だ。
事前情報で敵軍はこの都市を支配してから一度も外界との接触を行っていない。

【転生しても名無し】
マジレスきたｗ
【転生しても名無し】
俺、そろそろ眠いから落ちるわ
【転生しても名無し】
うわｗ　薄情者ｗｗｗ

妖精達の反応を見る限り、僕の中に棲み着いているとは言っていたが寄生しているのとは異なる

ようだ。おそらく、彼らは僕が破壊されても死ぬ事もなければ痛みもない。だが、僕に「生きろ」と言ったことは間違いなく、有用、不用入り乱れた意見のやり取りが行われている。

【◆助兵衛】
俺たちのこと考察する余裕はないぞ
質問だが、この街に下水道とかないのか？
地下を利用した排泄物等の運搬水路だ

下水道？　助兵衛という名前の妖精が発したその単語に、他の妖精も僕自身も興味を惹きつけられる。

【◆助兵衛】
この世界の文明レベルが如何(いか)ほどのものかは知らんけど、城塞都市作るくらいならありそうなもんだろ。実際、紀元前数千年に作られてるものもあるんだし
【転生しても名無し】
たしかに。う〇こを消すために魔法使ってるとは思えない
【転生しても名無し】
下水道なら外の川か何かに繋がってるだろうし、上手く脱出できるかも！
頭いいな！　助兵衛は今後、軍師助兵衛と名乗っていいぞ！

【転生しても名無し】
ホムホム！　わかる？　下水道！
水の流れているところとか、下に潜れそうな穴とかないか？

僕はゆっくりと茂みから頭を出し、周りを見渡す。敵の姿はない。音を立てないようそっと歩き、壁や物陰に隠れながら進む。やがて、開けた通りに出ると、道の向かい側に側溝が見えた。

【転生しても名無し】
よしよし！　いいぞ！
【転生しても名無し】
見つからないように側溝の中に！
【転生しても名無し】
ソッコーで側溝（そっこう）に！
【転生しても名無し】
→審議中

敵の気配がないのを確認し、通りを横断。側溝に近寄り覗き込んだ。最初に目に入ったのは腐食が進んだ人間の死体だった。食い荒らされ欠損だらけのそれは異臭を放ちながら溝の至る所に散らばっている。

【転生しても名無し】
グロっ!!
【転生しても名無し】
オエー!

サンタモニアの上級将校であるトーマス中将ですら捕虜に取られなかった。部下や民間人が殺されない理由がない。整備された都市では死体も土に返らない。魔物達にとっても邪魔だったから見えない場所に投げ捨てているのだろう。

【◆軍師助兵衛】
広さ的に死体が転がっていても通れるな
敵に見つからないよう這いつくばって移動し、近寄ってきたら死体のフリしてやり過ごすんだ
【転生しても名無し】
助兵衛、お前自分がやらないと思って無茶苦茶言ってね?
【転生しても名無し】
鬼や、鬼がおる

分かった。たしかに索敵から逃れて移動する最善の手段だ。

言われた通り僕は這いつくばるようにして側溝の中を進んだ。

【転生しても名無し】
あー抵抗ないのね
【転生しても名無し】
頑丈というか鈍感というか

むせかえるような生臭い血の匂いと腐った肉の放つ酸っぱい匂いが鼻腔を侵す。
人間ほど繊細ではないが、体への影響を警告するように不快感がこみ上げてくる。

【転生しても名無し】
あ、やっぱきついのね
【◆軍師助兵衛】
正直スマンかった

側溝の中を這い回ること数時間。うっすらと空が明るくなってきた頃、この側溝が建物の下を潜っているのが見えた。その入り口は完全な暗闇で、先が全く見通せない。
僕らホムンクルスは人間と同じように暗闇や高所、異臭などに危機感を覚えるように設計されている。だから、その入り口に入ることには抵抗を覚えるが、どのみち進まなければ殺される。意を決して僕は暗闇の通路を這いつくばりながら進む。進むにつれて頭上の空間はどんどん狭まり、這いつくばる頭や背中を掠める高さになっていく。

ズリズリ、と体を引きずって進んでいると、突然地面についていた腕が空を切った。下方の地面がなくなり穴が開いている。入り口から大分離れている為、見つからないだろうと判断し、僕は指先に意識を集中する。

「《ルークス》」

指先に種火のような光が点る。松明のように空間を照らす効果を持つ光属性の新興魔術。火を使わず煙も出ないので使い勝手が良くホムンクルスの標準魔装に採用されている。

《ルークス》の明かりが照らし出したのは、前方の行き止まりと明かりが届かないほど深い穴。

【転生しても名無し】
底が見えない穴って怖いね。でも行くしかないのか
【転生しても名無し】
そもそもその穴って入って大丈夫なん？
猫とかが地下水路に迷い込んで出られなくなるって聞いたことあるよ
【転生しても名無し】

高度があったら叩きつけられてゲームオーバーじゃね？

【転生しても名無し】

じゃあ、今から引き返せっていうのかよ!?

生物的に表現するなら、脳内が騒がしい、と言ったところか。

状況分析を行っているのだろうが、口々に言葉を出されると思考回路の処理にノイズが混じる。

【転生しても名無し】

サーセンw

【転生しても名無し】

過熱しすぎた。スマソ

いや、助けてもらっている過程の産物だ。謝られることはない。どのみち、手をこまねいていても仕方ない。僕は頭を腕で庇うようにして、穴に飛び込んだ。ふわっと体が宙に投げ出されるのを感じて、足を下に向け体を丸める。

二秒程、その状態が続いたが、

バシャン！

と体が水に叩きつけられ水しぶきが上がった。
水深は浅く、僕の膝あたりまでも無い。
再び《ルークス》を使ってあたりを照らす。壁も天井も人の手が入っていない岩盤で出来ている。足元の水は川のように流れをもっている。

【◆軍師助兵衛】
地下洞窟か……もしかするとやばいかもしれない。てっきり下水は外の川に流しているものだと思っていたが、地下水脈に流しているとなると、地底湖に繋がっている恐れがある
つまり、その洞窟には出口がない可能性が高い
【転生しても名無し】
オイイイイイイイイイイイイ！　何無責任なこと言ってるんだよ！
【転生しても名無し】
そうだよ！　このままじゃホムホムが!!

まあ、慌てることじゃない。とりあえず、敵の追っ手に殺される可能性は低くなった。これで少し休める。自動治癒に魔力のリソースを回そう。
僕は壁に背中を預けて、一息ついた。

【転生しても名無し】

ホムホム、タフだなあ
【転生しても名無し】
なんで安全なところにいる俺たちが取り乱して、ホムホムは冷静なんだよ
ちゃんとしないとな

戦闘において危険を察知し回避するために必要な恐怖や臆病さは設定されているが、逆に戦闘の効率を鈍らせる可能性があるものは設定されていない。
ホムンクルスは死を恐れてはならない。戦果を上げられないことを恐れなければならない。

【転生しても名無し】
ひどい設計思想だ。ブラック企業どころの騒ぎじゃない
【転生しても名無し】
まー軍事国家っていうのはこれを人間に対して強要してるからねえ
まして、魔王軍とかいう人類絶対殺す軍団に襲われてちゃ仕方ないでしょ
【転生しても名無し】
ねー、ホムホム
ぶっちゃけ魔王軍との戦争ってどうなん？
人類側勝てそうなん？

咄嗟の判断だったが僕と彼ら妖精達は協力関係にある。合理的に考えて情報共有は必要だ。僕の知っている魔王戦争の情勢を伝えることとした。

魔王戦争の情勢はこの一五〇年間、刻々と移り変わってきた。

戦争が勃発して数年の間は人類は魔王領と接する国がそれぞれ分かれて迎撃していたが、個々の戦闘力で勝る魔王軍にじわじわと侵略されていった。

危機感を募らせた世界中の人類は結託し、人類総がかりで魔王軍に対抗すべく同盟を結成した。

これは人類大同盟（大ハルモニア）と呼ばれている。

人類大同盟（大ハルモニア）が成立してからは人類側の戦線が安定し、魔王軍の侵攻は収まった。

開戦から五年、戦争は膠着（こうちゃく）状態となる。

【転生しても名無し】
人類スゲーな
【転生しても名無し】
開戦から五年で膠着って、それ以降は形骸化された戦争だったの？

結論から言えば、そうじゃない。だからこそ戦争の膠着期間をパクス・イスカーナと名付け当時の人類の戦功を称えている。大ハルモニアを指導していた帝国の皇帝にちなんだ名前らしい。

だが、その膠着状態はわずか十数年で崩れる。

大ハルモニアが内部分裂を起こしてしまったからだ。

原因は諸説あるが、魔族にそそのかされた同盟国の一部が人類側の国家に対して反旗を翻したそうだ。

結果、魔王戦争は人類対魔王軍の構図から人類対人類対魔王軍という終末的な局面に移行してしまう。

【転生しても名無し】
人類ひでーな……
【転生しても名無し】
人間の敵は人間だって、アニメで言ってた
【転生しても名無し】
魔王軍笑いが止まらんわ。敵が勝手に殺し合ってくれるんだから

そんな悪夢のような状況が約一〇〇年続いた。

その間人類側の領地は二分の一に減り、戦死者は一〇億人を超えるとも言われている。

追い詰められた人類は再び全人類共闘同盟(新ハルモニア)を結成する。

だが、その頃には魔王軍も戦略や軍備という概念が定着し、侵攻はさらに苛烈なものになった。

そして、現在――アイゼンブルグが陥落したことにより、サンタモニアは国力の二割と隣国との国境地帯が奪われ、大陸西部に孤立してしまった。サンタモニア東部の主要都市であり、交通の要衝であるアイゼンブルグの戦略的重要性を魔王軍は理解していたのだろう。難攻不落の城塞都市にあれだけの戦力を置かれては、サンタモニアの全軍を動員しても奪還は難しい。


【転生しても名無し】

やばくね？　てか、これ詰んでね？

【転生しても名無し】

人類オワタｗ
【◆バース】

なんか勇者とか救世主とかおらんの？　なんか、ご都合的に人類を救ってくれるようなやつ

僕らホムンクルスがそうなるべきなんだろう。

そもそも魔法王国サンタモニアは古代において、人類が魔物達に対抗できるようにするために魔法を学術的に研究しようと賢者が集まったことが起源とされている。つまり、サンタモニアの作るホムンクルスには人類を脅かす存在を一掃するだけの戦闘力を求められている。

アーサー(ファースト・ワン)誕生から、僕で九世代目となっても、人類に毛が生えた程度。上位魔族や大型の魔物には歯が立たない。

だが、いずれ人類の叡智は魔族を凌駕する。それは五〇年後か、一〇〇年後か、それより先かもしれない。その日まで僕達ホムンクルスは生み出されつづけるだろう。人類を守るための防波堤として。

＊　＊　＊

小休止を終え、水の流れに沿って歩き始めた。少し進むと、水のかからない乾いた地面が現れたのでそちらに上がって進むことにした。

魔力消費を抑えるため《ルークス》の出力は絞っているので、転んだり、穴に落ちたりしないよう慎重に進む。

視覚情報は暗闇に浮かぶ岩壁、聴覚情報は水の流れる音と自分の足音。極めて情報量の少ない移動が続く。

だが突如、視界に岩とは異なる影が現れた。

《ルークス》の出力を上げ、光の照射範囲を広げる。

その影は地面に横たわっている人間の身体だった。死体がここまで流されてきたのか、と一瞬考えたが、小さく体が上下している。この人間は呼吸をしている。つまり、生きている。

情報を収集する。対象を観察――

金色の髪に白い肌。体は細く僕より背丈も低いが胸部に膨らみがあり、女性型の人間であると思われる。

【転生しても名無し】
金髪美少女キターーーー!!
【転生しても名無し】
ちょ！　超かわいい！　お人形さん!?
【転生しても名無し】
ほっぺたつっつきたいンゴ！
【転生しても名無し】
飯食ってる場合じゃねえ!!
【転生しても名無し】
●REC

妖精達の発する言葉がいきなり増えた。文字だけでは確証は得られないが、興奮している可能性があり、そうであると仮定しても問題がない……人間的な表現をするならば、そんな気がする、といったところか。

【転生しても名無し】
気にするな
【転生しても名無し】
気のせい気のせい

【転生しても名無し】
俺らに気を使わず、進めて進めて
【転生しても名無し】
全裸待機

……まあ、いいか。

少女の様子を観察する。身につけているマントは軍人の使用するものではなく風よけ程度の防寒性しか持たない。マントの下の長袖のシャツに長ズボンと革製のブーツも同様。おそらくは民間人が魔王軍の襲撃の際にここに逃げ込んできて力尽きたのだろう。
僕は少女のマントのフードを被せて立ち上がり、先に進む――

【転生しても名無し】
ちょっと待てえええええええええ!!
【転生しても名無し】
なんでスルーしてるんだよ！　バカなの!?　死ぬの!?
【転生しても名無し】
この子を置き去りにすればどうなるか！　冷静に考えろ！

……再度分析をする。

身なりや体型からして軍人ではないこの少女の戦闘能力は皆無。ここに残しておいても死を待つだけだろう。衰弱死ならまだいいが、魔物に捕まったりすれば、餌となり、より苦しい死を迎えることになる。それならいっそ――

僕は、手を貫手(ぬきて)の形に変え、少女の首元に狙いを定める。

【◆与作】
逆ぅーーっ!!　ソッチジャナイ!!
【転生しても名無し】
とどめさせって言ってんじゃねえ!!　ぶっ殺すぞ!!
【転生しても名無し】
そうだ!　もったいない!　俺はもうパンツ脱いだぞ!
【転生しても名無し】
→お前も違う
【転生しても名無し】
助けてやれってことだよ。言わせんな、恥ずかしい

助ける?　何故だ?

そもそも僕もダメージが回復しきっていないし、この洞窟から脱出できる目処(めど)も立たない。救出対象でもなく戦闘能力もない少女を助けることは僕のリスクでしか無い。

【転生しても名無し】
ホムホムがクールすぎて辛い
【転生しても名無し】
貴重な金髪美少女がぁ……
【◆野豚】
ちょっと待って。ホムホム
彼女を見捨てることは、君の「生きる」という目的に反するんじゃないのかい？

どういうことだ？

【◆野豚】
「生きる」っていうのはね、ただ命を永らえさせることじゃないんだよ
何も感動せず、何も求めず、何も変わらず、何も変えない
それじゃあ、ただ死んでないだけなんだよ
生きるってことは、感動して、求めて、変わって、変えて――
そうやって命を活用していくことなんだ
きっと君はそのことの意味も価値もまだ分からないだろう

君はこの世界に生を受けて間もないし、君を作った人たちは君に命令に応えることだけを望んで生きることの意味を教えなかったから
だからこそ、君は自分から進んで他人の命や人生に触れることで学んでいかなくてはならないんだ
さしずめ、今の君ができる「生きる」に繋がることは、目の前の消え行く命を救うことだ
長文スマソ

　僕は野豚の発した言葉の意味を、咀嚼（そしゃく）しようとするが首を傾げてしまう。生きるというのは生命活動以外の何物でもない。蜘蛛（くも）の巣に絡まって身動きが取れない虫であっても、寝たきりで目も耳も使えない老人であっても、死なない限り生きている。野豚の言う、「生きる」と言うのは拡大解釈が過ぎる気がする。


【◆野豚】

俺の持論が出ているのは否定しないよ。だけど、そういうことも含めて俺は君に生きて欲しい、と思っている。ま、偉そうなこと言っちゃったけど、命の危機にあるのは君自身だ。見捨てるのも仕方ないかなとも思う。実際、余裕があるとは言えないしね

　そのとおりだ。

　仮にこの地下から城塞都市の外側に脱出できたとしても、近隣の町までは歩いて数日かかる。見たところ、少女は脚を負傷している。服の袖の部分がひどく汚れているのはここまで這ってきたか

らだろう。足手まといの少女を連れていれば、所要時間は増加する。それに人間は食料や水分の補給頻度が高い。道中、魔物に魔王軍、野盗にも襲われる可能性もある。ここを出られたところで少女が生き残れる可能性は決して高くない。

それをリスクを背負ってまで助ける？　全くもって非合理的だ。


……だけど。


僕は少女のそばにしゃがみこんで、頬を軽く叩いた。

「う、う……ん？」

重そうな瞼を開けて少女は僕を見た。その表情は虚ろで、恐怖を感じているのか警戒をしているのか読み取れなかった。

「寝ぼけていても良い。意識を保て。眠りに落ちている生き物は担ぎにくい」

僕は彼女を左肩に担いだ。体重は驚くほどに軽い。

「助けて……くれるの？」

少女は弱々しく呟く。

「助けられるかは分からないが、出来る限りのことはする」

【転生しても名無し】

キタ―――――――！

【◆バース】
ワイはホムホムのこと最初から信じてたんやで。（テノヒラクルー）
【転生しても名無し】
よっしゃ、その決断を応援するよ！

僕はあなた達に助けられた。本当なら街の中で夜が明ける前に破壊されていただろう。あなた達は僕に「生きろ」「生きてほしい」「死ぬな」と言ってくれた。

何故、あなた達がそうしたのか、その理由は今の僕には分からない。だから同じことをしてみる。

野豚の言う通り、僕を作った人間は「命令」と「知識」をくれたが「生きる」ことについて教えてくれる人はいなかった。

「生きる」為に何をすべきか、僕は自分で探さなくてはならない。まずは、あなた達の行動理由を解析させてもらう。


【転生しても名無し】

うん。良いと思うよ。た～っぷりkaisekiして
【転生しても名無し】

いちいち理屈っぽく考えるところも今後なくしていったほうが良いと思うぞ。もっと感情豊かになろうぜ！

【転生しても名無し】

おもしろいか、おもしろくないか、判断基準なんてそんなもんよ

頭の中が騒がしい。肩にのしかかる重みは足取りを重くする。それでも、前を向いて歩くことに何の抵抗も覚えなかった。

少女を担ぎながら、かなりの距離を歩いた。

体力はそれなりに消耗したが、損傷部分の自然治癒はほとんど完了した。後は、地上への出口が見つかれば当面の危機は解消できる。

【転生しても名無し】
てか、視界が暗くてよくわかんねえな
【転生しても名無し】
つーか、何時間も何も起こらないし、退屈
【転生しても名無し】
カワイ子ちゃん起きてる？　話しかけてみ
【転生しても名無し】
ホムホム～。その子の名前聞いてよ
【◆ダイソン】

俺そろそろバイトの時間だ

頭の中の妖精達は変わらず騒ぎ続けている。どうやらこの異常は自然治癒しないらしい。

【転生しても名無し】
おいおいｗｗｗ俺たちをｗｗｗステータス異常みたいに言うんじゃねえよｗｗｗ

ん？

僕は足を止めた。
足場がこの先なくなっている。
《ルークス》の出力を上げ、前方を照らしてみた。
すると、眼前に巨大な地底湖が浮かび上がった。

【転生しても名無し】
あー。やっぱ地底湖に繋がったか……
【転生しても名無し】
出口ないの!?

ない。岩壁で囲まれた球状の空間に溜まるような形で地底湖が形成されている。完全な行き止まりだ。

【◆軍師助兵衛】
湖の底から外に繋がる穴があるかもしれないが……
【◆野豚】
女の子担いだままじゃ無理だね
ホムホムが無事でも彼女が溺れ死んじゃうよ
【転生しても名無し】
別のルート探すか？

僕が落ちたところからここまで一本道だった。見落としている箇所がないか、調べてみるが――

「あ……あ……」

担いでいた少女が目覚めた。目と口を開き、何かを訴えようとしているようだ。

【転生しても名無し】
水が欲しいんじゃないのか？

【転生しても名無し】

ああ、確かにここの水はある程度キレイそうだ。飲ませてあげな

彼女をゆっくりと湖のそばに下ろすと、彼女は這いずり飛び込むように湖の水に顔をつけた。

ガブッガブッと音を立てて水を飲み、ゲホゲホッとむせ返る。

そして、今度はゆっくりと口を水につけて飲み始めた。

【転生しても名無し】
うわー、相当これ喉渇いてたんだなあ
いいよ、好きなだけお飲み

【転生しても名無し】
下手すると、あの町が陥落してからずっと地下道に逃げ込んでたかもしれないしな
そうすると……一週間以上!?

彼女を横目に僕も両手で器を作り水を掬って飲み干す。舌の上を通り抜ける水は冷たく甘い。喉を過ぎた水は体内に落ち、全身に染み渡る。


【転生しても名無し】

おいしいかい？

うん。これはおいしい、ということなのだろう。体力の補給のために食事を取ることは今までにもあったが、はじめて知る感覚だ。インプットした。

もっと欲しいと思った僕は彼女と同じように湖に口をつけて勢い良く水を飲んだ。

しばらくそうしていると彼女は落ち着いたようで、水で顔を洗い、手で拭って僕の方を向いた。

「ありがとうございます。おかげで助かりました」

そう言って彼女は頭を下げた。

「まだ助かっていない。ここは行き止まりだ。この洞窟には生き物もいないし外に出られなければ数日で餓死する」

【転生しても名無し】
ホムホム！　もうちょっとオブラートに包んで！
【転生しても名無し】
カワイコちゃんが泣いちゃうよ！

泣く？　いや、彼女はむしろ笑みを浮かべている。

「大丈夫です。ここまで連れてきてもらえたなら――」

彼女は手のひらを地面につけ、詠唱を始めた。

「【小人達は大葉の影に隠れ家を作らん。我はその影を取り払う】《解錠(アンテ)》」

彼女の手の下から一筋の緑色の光が地面を走る。その光は壁を登ったかと思うと、加速し、扉の絵を描く。光の色が赤色に変わり、霧散すると岩壁は崩れ、人が通れる大きさの穴が出現した。

【転生しても名無し】
すっげー!!　なにこれ!　魔法!?

解錠魔術だ。魔術的な空間の偽装を解除する魔術。名の通り、鍵のようにあらかじめどのような魔術式で組まれた偽装であるかを把握していないと効果はない。

「あなたはこの仕組を知っていたのか?」

「ええ。トーマス卿から伝え聞いておりました。下水道から繋がっている洞窟の奥に、偽装された抜け道がある……と」

トーマス・パールトン。僕らの救出対象であった司令官だ。

「トーマス卿は私を逃がすために、自ら槍を取って魔物どもを引きつけてくださいました。おかげで私はひとり、逃げ延びて……」

少女は涙ぐんでいる。

【転生しても名無し】

おい、優しい言葉の一つでもかけてやれ

優しい言葉……よく分からない。具体的にどういう言葉だ。それにその優しい言葉を彼女に言うことにどういう意味がある？

【転生しても名無し】
カワイコちゃん辛いんだよ
自分が生き残るために他の人を犠牲にしちゃったんだからさ
【転生しても名無し】
そうそう、「気にするな」、とかそういう慰めの言葉をかけてやれ

人間の感情という非合理で不規則なメカニズムは僕の思考回路では理解しきれない。だが、とりあえずやってみる。

僕は、彼女をまっすぐに見つめて口を開いた。

「カワイコちゃん――」

彼女は目を丸くした。

【転生しても名無し】

アホかああああああああ!!

【転生しても名無し】

違うだろおおおおおお!!　違うだろっ!!

【転生しても名無し】

カワイコちゃんは名前じゃねえ!!

俺らの間で便宜的につけていた呼び名だよ！

それを面と向かって言うな！

【転生しても名無し】

その場にいない俺たちがカワイコちゃんをカワイコちゃんっていうのと、お前がカワイコちゃんを
カワイコちゃんって呼ぶのは全然違うんだよおおお!!


なるほど……わからない。とにかく当初のプランどおり、

「気にするな」

と、慰めの言葉をかける。

「は、はあ……」

彼女の涙はひいて落ち着きを取り戻したようだ。


【◆バース】

めっちゃ気になるわ！

【転生しても名無し】

落ち着きを取り戻したんじゃなくて呆然としてるんだよ!!

【◆与作】

ダメだこのホムホム……なんとかしないと

妖精達は僕の行動に不満があるようだ。この少女も口にしていないだけで不満を抱いているのかもしれない。やはり、意味がない行動は取るべきではない。

それはさておき、脱出路が現れたのだから早急に地上に向かおう。

少女を抱えようと近づいたその時、

「あのっ！」

彼女は呼び止めるように僕に声をかけた。

「私の名前は……メリア。メリアとお呼びください」

メリア——僕は目に映る少女の姿とその名前を結びつける。

インプット完了。

「分かった。行くぞ」

彼女を担いで立ち上がる。

【転生しても名無し】
オイオイオイ
何してるんだあ、お前も名乗らんか
【転生しても名無し】
識別番号を言うんじゃないぞ

僕に名前はない。あえて言うなら、あなた方が言う「ほむほむ」が適切だろうか。

【転生しても名無し】
ちょっとそれもなあ……
【転生しても名無し】
なんか気が抜けちまうというか、俺らがそう呼ぶのは良いけど

どんどん妖精達の注文が多くなっている気がする。メリアと接することで僕の知識や行動パターンの不足が明らかになったからか。なるほど、たしかに他者と関わりを持つことが僕の「生きる」上でプラスに働いているようだ。

【◆野豚】
ねえねえ。クルス、とかでいいんじゃないか。ホムンクルスだし

【転生しても名無し】
いいね！
【転生しても名無し】
世界観的にもマッチしてそう
【転生しても名無し】
私は宇宙大爆裂とかの方が
【転生しても名無し】
→荒らしは帰れ
【転生しても名無し】
ホムホム、お前はそっちの世界でクルスと名乗れ
【◆バース】
ワイらはホムホムって呼び続けるがなw

クルス――インプット完了。

僕は肩に乗ったメリアに声をかける。

「僕の名前はクルスだ」

＊　＊　＊

洞窟の隠し通路を抜けると、森林の中に出た。木々の隙間からアイゼンブルグの城壁が遠くに見えた。とりあえず、危険地帯からの脱出は成功したと思っていいだろう。

→いってらー
【転生しても名無し】
よし！　じゃあ、俺は仕事いってくる
【転生しても名無し】
おつかれ！　ホムホム
【転生しても名無し】

メリアは深呼吸で外の空気を吸い込んだ後、草むらに大の字で寝転がっている。

「メリア。とりあえず、この森を抜けて魔王軍の領域から離脱する。その後、あなたはどこに行きたい」

「どこに……クルスさんは大丈夫なのですか？　仕事とか、家族とか」

「問題ない。あなたは一人で歩けないだろう。だったらあなたの目的地まで同行する」

【転生しても名無し】
いいとこあるじゃないか、ホムホム
【転生しても名無し】

だんだん分かってきたね

どうせあなた方は彼女を見捨てることを良しとしないだろう。それに生きることを目的にするならば、使い捨ての兵隊に戻るのは得策ではない。せっかくのサンプルがそばにいる。彼女の言動から僕は人間という生物を学び、人間のフリをして生きていく術を身につける。それが最も合理的だ。

「感謝します。ならば……私を母国のイフェスティオ帝国に連れて行ってくださいますか？」

メリアの口から出てきたイフェスティオ帝国の名前は想定外だった。

【◆ダイソン】
イフェスティオ帝国だって!?
【転生しても名無し】
知っているのか？　ダイソン
【◆ダイソン】
いや全然
【転生しても名無し】
ファーｗｗｗｗ

イフェスティオ帝国。人類最大の国家であり、新ハルモニアの主導国でもある。その軍事力は新ハルモニア全体の五〇％を有しているとさえいわれている。

【転生しても名無し】
五〇％って、まさに人類の砦ってことか
【転生しても名無し】
ん？　もしかしてメリアちゃんって結構重要人物？
【転生しても名無し】
そういえば司令官が身を挺して守ってくれたって言ってたっけ

「それは、かなり難しい。サンタモニアとイフェスティオ帝国は隣国だが魔王軍の侵攻により東西に分断されている。魔王軍の勢力範囲は至る所に魔物が放たれ、魔術的な警備網が敷かれている。それを横断するのは危険が大きすぎる。南下して勢力範囲外のフィラムス山脈を抜けていけば、比較的安全に進めるだろうが」

十全の装備をしている兵士ですら容易（たやす）い道のりではない険しい山岳地帯。負傷している少女を連れて踏破するのは現実的ではない。まして、彼女は長期間食事を取っておらず、栄養状態は極めて悪い。

「優先すべきなのはあなたを治療することだ。一旦、サンタモニア領の街に行こう」

ここから比較的近いのは北方の港町アマルチア。この森林地帯を抜けることができればすぐだ。

目的地を定め、立ち上がったその時、飢えた視線が突きつけられていることに気づき、振り向いた。

のしのしと重い足取りで僕らに近寄ってくる獣がいた。牛によく似ているが、口は耳元まで裂けており、鋭利な牙をちらつかせている。

【転生しても名無し】
うえええええええ!!　なにこれ!?　俺の知ってる牛さんじゃない!!

デモンバッファロー。魔王軍に使役されていない野良モンスターだ。雑食で木の皮や他の動物を主な食料としている。巨体を活かした体当たりと頭突き、そして鋭利な牙による噛みつきが攻撃手段だ。

デモンバッファローは鼻息を荒くして僕とメリア目掛けて突撃してきた。メリアはバッグから小さなナイフを取り出しているが、恐怖ですくんでいるのが明らかだ。

【転生しても名無し】
やばい!　ホムホム逃げろおおおおお!!

その必要はない。

僕はかがみ込み、足に力を溜め、前方に飛んだ。突撃してくるデモンバッファローの側面をすり抜け、後ろ足を両腕で抱え込み、捻じ折った。

　バキバキと骨が砕け折れる音がすると、その巨体は脱線したトロッコのように横転した。

　すかさず僕は右腕に魔力を集中させる。


「《ライトスティンガー》！」

　搭載魔術式展開――――発現した稲妻状の魔力は右腕を覆い青白い光の槍となる。エルガイア型ホムンクルスの主力魔術兵装《ライトスティンガー》は高熱を発する魔力を纏った打突というシンプルな攻撃魔術。だがその攻撃力は鋼の槍の刺突をも凌駕する。デモンバッファローの首元に突き立てた光の槍は分厚い筋肉を物ともせず突き進み頭蓋を貫いた。デモンバッファローはビクビク、と体を震わせ、絶命した。

【転生しても名無し】

すっげえええええ！　ホムホム△！

【転生しても名無し】

どこが普通の人に毛が生えたくらいなんだよ！　全然強いじゃん！

【転生しても名無し】

ビームサーベル？　ライトセイバー？　とりあえずカッケエエエエエエ!!

そんなに騒ぐほどじゃない。

デモンバッファローは魔力に対する耐性も低く、動きも読みやすい。攻撃を喰らわなければ恐れるに足りない獲物だ。だが、どうやら戦いを知らない人間には衝撃的な光景だったのだろう。

「すごい！　素手でモンスターを倒すなんて！」

先程までの怯(おび)えきった顔はどこに行ったのか。メリアは興奮して笑みさえ浮かべている。

「そんなに騒ぐほどじゃない」

「あっ、すみません……取り乱しました」

「謝らなくていい。だが、ちょうどよかった。食糧も手に入ったことだし、今日はここで休もう。もうすぐ夜になる」

2章

少女と妖精と森の魔女

焚き火の中の木がバチバチと音を立てて弾け火の粉を撒き散らす。夜の森の中で僕とメリアは野宿している。

一時間ほど前に食事を終えたメリアは草の束を枕に眠りについた。

僕は頭の中の妖精の指示で、デモンバッファローの肉を吊るして、焚き火の煙で炙(あぶ)っている。肉からは脂が滴り落ち、赤身がだんだん黄色く変色してきた。こうやって加工した肉は通常の肉よりも腐りにくく携帯食料として使えるらしい。

【転生しても名無し】
いやもうね、メリアちゃんに血の滴る生肉差し出して、「食え」といった時はお茶吹いちゃったよwww
【転生しても名無し】
ホムホムってホント一般常識とか人間の生態に疎いよなw

作戦活動に直接必要でない知識のインプットは後回しだった。それだけのことだ。今後、実地で習得すれば問題無い。

【転生しても名無し】
まー、そうやっていろんなことを吸収していくのも生きることの一環だわな
【◆野豚】

そうだね。メリアちゃんと一緒にいることは君のプラスになるよ

【転生しても名無し】
ところでホムホムは眠らなくて大丈夫なん？

ホムンクルスは基本的に睡眠を欲さない。自然治癒を早めたい時にはリソースをそちらに回すため、活動停止することはあるが。

【◆与作】
ふむふむ。じゃあ、夜が明ける前に一仕事しておこうか
今からいう材料をかき集めてほしい。あと、メリアちゃんが持っているナイフをちょっと貸してもらいたいな

一仕事？　多少のことでは明日の行動に影響が出るほどの消耗はないだろうが。
何をさせるつもりだ？

【◆与作】
便利アイテムづくりだよ。まず「ト」の形をした枝を同じサイズで二本。それから平たい板状の木と、棒状の木、それからロープ代わりになりそうな頑丈な草とか木を用意して

道具作成などしたことがない。だが、言われるがままに材料を集める。なるべく焚き火から離れないように気をつけながら。


【◆与作】

画像や動画を添付できたら分かりやすいんだけど、そこまで都合良くはないか。「ト」の木を平行に並べて……もっと間空けて、メリアちゃんの肩幅よりちょい広いくらいで、その間に棒状の木を渡すように並べて――


与作の指示に従ってしばらく作業すると、紐の付いた椅子のような何かが出来上がった。

これはなんだ?


【◆与作】

これは背負子(しょいこ)と言ってね、その台座の部分に荷物や人を乗せて担ぐアイテムだ。これならホムホムの両手も空くし、メリアちゃんも座った体勢でいられる
【転生しても名無し】

ああ! 某アルプスの少女で爺さんが歩けない女の子を載せてたの見たことある!

【転生しても名無し】

いいね! これ!

たしかに米俵みたいに担がれてるメリアちゃんはいたたまれなかったからなあ……

【転生しても名無し】
→良かった。思ってるの俺だけじゃなかった
【転生しても名無し】
→米俵ｗｗｗお姫様抱っこならぬ、お米様抱っこかｗｗｗ

　声のかけ方、食事の与え方、運搬の仕方……あなた達はどうやら僕のメリアに対する処遇に大いに不満があるようだな。


【転生しても名無し】

あるに決まってるだろ！　たわけ！

【◆バース】

ほんまはな、飢餓状態の人間に肉なんて食わせたらあかんねんで
胃が弱ってると消化しきれへんねんから
【◆軍師助兵衛】

じゃあ、原始時代の人間はどうしていたんだ？

【◆バース】

生活習慣の変化に連れて人間の機能は変化し続けとる。眉唾話やけど、海藻を消化できるのは常食してた日本人だけとか聞いたことあるやろ。慢性的に飢餓状態だった時代の人間は幾らか現代人より頑丈やったんちゃうんか。知らんけど

そもそも魔力なんてファンタジー概念のある世界にどこまでワイらの常識が通用するか分からんわ
【◆野豚】
とはいえ……ホムホムには色々覚えてもらうことがありそうだ
メリアちゃんだけでなく、俺たちからも知識や常識を叩き込んであげよう

僕は夜が明けるまで妖精達の講義を受けながら自分が如何に人間について知らないかを延々と指摘され続けるのだった。

＊　＊　＊

朝、目覚めたメリアが背負子を目にすると、驚きに満ちた顔で話しかけてきた。

「クルスさん！　これ、私が寝ているうちに作ったんですか!?」

「ああ。これを使ったほうがあなたを運びやすい」

僕は背負子の紐を肩にかけ、体に縛り付けるように固定する。

乗るように促すと、メリアは四つん這いで近寄ってきて、座板の上に腰掛ける。

立ち上がる瞬間、わっ、とメリアは声を上げた。

「どうだ？　大丈夫そうか」

「はい。すごくいい乗り心地です」

それを聞いて僕は歩き始めた。

「クルスさんは優しいですね」

「やさしい？」

「そうですよ。周りの人からよく言われません？」

「よくわからない。僕の周りには一緒に戦う同胞くらいしかいなかったから。やさしい、ってなんだ？」


【転生しても名無し】

あーーーーもう！　優しいっていうのはだなあ——

【転生しても名無し】

ストップ！　みんな助言禁止だ！


メリアは僕に穏やかに語りかける。

「優しいっていうのは、他人の為に頑張ろうとする心のことです。私はあの暗くて冷たい洞窟の中で、足は動かないし、お腹も減って、喉も渇いて、心細くて、怖くて……それもどんどん感じられなくなっていって、自分はもう死に始めてるんだと思っていました。クルスさんはそんな私を救ってくれました。自分だって必死で逃げているところだったのに、足手まといにしかならない私を担いで長い時間歩き続けて。外に出てからも、モンスターに殺されるところを見事に守ってもらいました。それだけじゃなく歩けない私のために寝ないでこんな立派なものまで作ってもらって……クルスさんに受けたこの優しさを私はどう返したらいいのか、分からないです」

たしかに、僕は非合理的なまでにメリアの為に行動している。だが、それが彼女の言う優しさとは違うと知っている。メリアを見捨てなかったのは、頭の中の妖精に言われたからだ。モンスターを倒したのは僕も奴の標的だったからだ。背負子を作ったのは与作に言われたからで、メリアが楽になれることを僕自身が望んだわけじゃない。

優しいという言葉が相手を褒める言葉ならば、それは頭の中の妖精達に対して贈られるべき言葉だ。

「メリア。僕は優しくなんてない。この背負子を作ったのは――」

【◆与作】
やめとけ、ホムホム。それは無粋ってもんだ

【転生しても名無し】
そうそう。ワイらは遠く離れた安全なところで君らの命がけの旅路を覗き見してる下世話な連中や

【転生しても名無し】
俺は十分、お前らにいいものをもらってるよ
異世界を旅する主人公たちに助言できるなんて最高に楽しいもん

【転生しても名無し】
禿しく同意。異世界を冒険してみたいって夢を叶えてもらってる

【◆与作】

直接、感謝されなくてもメリアちゃんが嬉しそうにしてくれてるだけで俺は十分報われてるよ
小さい頃からアウトドアにのめり込んでた甲斐があった
【転生しても名無し】
たしかに背負子作りなんて現代じゃ役に立たんわなｗｗｗ
【◆野豚】
ホムホム。俺たちの存在はくれぐれも誰にも言っちゃいけないよ
頭の中に妖精がいるなんて知られたら君は頭がおかしいと思われる
俺たちも君以外に存在を知られたくない

頭の中の妖精達は騒がしい。だけど、僕がうまく生きていけるよう考えてくれている。そんな言葉を受け取る度に暖かい日差しを浴びているような、そんな気分になる。

ああ、そうか。この暖かさを優しさというのか。


「インプットした」

「はい？」

「いや、なんでもない。この背負子を作ったのはあくまで効率よく行程を進めるためだ。今日は休み無しで進む。食事や排泄を希望する時は伝えてくれ」

「排泄……はぁ、そうですね。昨日、たっぷりお肉食べましたものね」

メリアは顔を引きつらせながら笑っていた。

＊　＊　＊

メリアを背負いながら森を歩くこと二日。

幸い、モンスターに遭遇することもなく森林地帯の中央あたりまで進めた。

「意外と平和な森ですね。森の奥にはモンスターがたくさんいるから入り込んではいけないって教えられてきましたけど」

「このあたりは長年サンタモニアの領地だったからな。冒険者ギルドによるモンスターの駆除が進んでいるんだろう」

【転生しても名無し】
冒険者ギルドってファンタジー好きの琴線に触れるワードだよね

【転生しても名無し】
ホムホム、冒険者ギルドってどんな組織なの？

モンスターを駆除する組織だとは知っているが、詳しい知識はない。メリアが知っているかもしれないので尋ねてみる。

「モンスターの駆除が主な仕事ではありますけど、危険地帯の探索、要人や商隊の警護みたいに武力を必要とする仕事全般を請け負っていますよ。大きな街には必ずと言ってもいいほど設置されていて、事務所は依頼の受注や完了報告の窓口だけでなく情報交換や仲間集めの場も兼ねているので常に所属している冒険者で賑わっているそうです。だから事務所がある建物を指して冒険者ギルドと呼ぶことも多いですね。街によって質や規模は様々ですが、一般的に一つの街のギルドには百人以上の冒険者が登録されているらしいですよ。国が保有している武力の大半は魔王軍と戦うための討伐軍や防衛軍にあてられていて、最低限の治安維持しか行えない現状、民間人が利用できる武装集団である冒険者ギルドは国を内側から守っている組織とも言えますね」

【転生しても名無し】
よくある感じの冒険者ギルドだなあ
【転生しても名無し】
冒険者の連中が強いならそいつらを魔王軍と戦わせたほうが良くね？

たしかに……僕はメリアに妖精達から出た疑問を投げかける。

「実際にトップクラスの冒険者達には国から直々に依頼を出したりしますよ。単騎での戦闘力が高い冒険者は暗殺や破壊工作にうってつけですから。ただ、腕が良いにもかかわらず、軍人ではなく給料も身分も不安定な冒険者になろうという方々は組織に馴染めなかったり素行に問題がある方が多いらしいので……戦場において統率が取れた十人の兵隊は一騎当千の冒険者に勝るという格言があるように、無理やり組織に組み込むよりも冒険者として活動してくれる方が国益になるという判断をしている国が多いです。実際、イフェスティオ帝国では依頼の報酬に爵位を用意して、国軍に招き入れる事例もありますが、極めて異例のことですね」

【◆体育教授】
有能な陰キャやＤＱＮは個人事業主
優等生や陽キャは公務員
無能な陰キャやＤＱＮはモンスターの餌
【転生しても名無し】
→わかりやすいｗｗｗ
どこの世界も変わらないもんだねえ
【転生しても名無し】
俺この世界ならモンスターの餌だｗｗｗ

「クルスさんは冒険者に興味があるのですか？」

「ある程度戦うことはできる。今はどこの組織にも属していないし、今後冒険者になるかもしれない」

妖精達から普通の人間は生きていくために仕事をすると聞いた。人間のフリをし続けるならば避けては通れない。ホムンクルスとして備えられた戦闘能力が役に立つならばそれは合理的――

「冒険者の半分は始めて一年以内に死ぬ、と言われるくらい危険な仕事ですので私はオススメはしませんけど」

「それは非合理的だ。やめておこう」

「ええ。その方がいいですよ」

メリアは小さく笑った――

その時だった。僕は危険な何かから殺気を向けられていることに気づき、歩みを止める。


「メリア、つかまれ」

「え？」


瞬間――後方から何かが僕の立っていた空間を抉るように高速で通り抜けた。

反射的にジャンプしたおかげでダメージはなかったが、その質量と速度から推測する威力は僕とメリアを叩き潰して余りあるだろう。僕は視野を広げ、僕達を襲ったものの正体を突き止めた。

それは蛇だった。僕の身体ほどの大きさの頭部を持った規格外の大蛇だ。

巨大すぎてその全長が分からないが、三〇メートル以上はあると推測できる。その長い胴体は木々の間を縫うように僕達を取り囲んでいた。

「ま、まさか……魔王級モンスター……」

メリアの口からこぼれ落ちたその単語は僕も連想していたものだった。

魔王級モンスター、魔物の中で最悪最強とされる魔神級に次ぐ危険度の種族だ。その戦闘力は最低でも一〇〇人の部隊を殲滅できるとされている。

【転生しても名無し】
やばくない？
【転生しても名無し】
こんなのもう怪獣じゃねえか!!
【◆まっつん】
逃げろ！　とにかく逃げろ！

無理だ。体格が大きいということはそれだけ一動作の移動距離が大きいということだ。どう考えてもあちらのほうが足が速い。

森の奥に行けば行くほど、魔物が少ない理由がわかった。絶対的な捕食者が縄張りをしていたからだ。

【転生しても名無し】
あんなのに通用する攻撃ってある……よね？

無い。蛇の体を覆う鱗は傷一つ無い。あの巨体の重量で引きずり回しているにもかかわらずだ。その上爬虫類型の魔物は総じて魔術に対する耐性が高い。最強の魔物とされるドラゴンの系譜にある種族だからだ。武器がない僕の攻撃手段は魔術攻撃しかない。

【転生しても名無し】
駄目じゃん！
【転生しても名無し】
詰んでるってことか……

頭の中の妖精の多くも絶望的な状況に言葉を詰まらせていた。だが、沈黙を破るように、打開策を提案した妖精がいた。

【転生しても名無し】
いや、ひとつ助かる方法がある
メリアを餌にして、全速力で逃げろ

その提案に対し、他の妖精達が蜂の巣をつついたように騒ぎ立てて反論した。

【転生しても名無し】
はああああああ!?
何言ってんだテメエ!!　ふざけんな!!
【転生しても名無し】

お前が死ね！　今すぐ死ね！
【転生しても名無し】
ドヤ顔で名案思いついたと思って書き込んでるんだろうな
【転生しても名無し】
そんなのみんな考えたけど、言わなかっただけだから
【転生しても名無し】
サイコパス気取りのアスペか
【転生しても名無し】
おいおい。あんま熱くなるなよ。別にさっき会ったばかりの女の子にそこまで肩入れする必要ないじゃん
【転生しても名無し】
ハイハイ、冷徹な俺くんかっけーっすね。さっさと失せろや

メリアを犠牲にすることをよしとしない意見が大半を占めている。だが、それを支えているのは感情論だ。彼女を見捨てないことを合理的に示す意見は無く――

【転生しても名無し】
仕方ないよ
ここでホムホムが死ねば動けないメリアも間違いなく死ぬ
共倒れする必要はないだろう

【転生しても名無し】
メリアちゃん可愛いし……良い子だから死なせたくないけど……
でも俺たちホムホムがいなきゃその世界との接点なくなっちゃう
【転生しても名無し】
メリアちゃんだって覚悟はしていると思うよ

少しずつだが、メリアを見捨てる意見が増え始めている。

蛇は僕達を睨みつけている。いつ飛びかかってきてもおかしくない。

動き出しを見逃さないよう集中していると、いきなり背中が軽くなり、ドサッという音が後方から聞こえた。

僕は蛇から視線を外さずに言う。

「メリア、何をしている？」

「私を連れていればクルスさんも助かりません。私が引きつけている間に逃げてください」

「……そんなこと頼んだ覚えはない」

メリアの行動に僕の思考回路は困惑している。何故、彼女は僕を助けようとするのか？

「私がそう望んでいるんです。元々、クルスさんがいなければあの洞窟で死んでいたのですから。

クルスさんが今まで優しくしてくれたこと、本当に嬉しかった……」

それは違う。僕は優しくなんて無い。僕はただ妖精の声に従っただけだ。それに、ここでメリアが死ねば、僕のしてきたことは全て無駄になる。ほんの僅かな人間に関する知識をもらうために僕は彼女を運んできたというのか？　そんなの非効率的だ。

僕がこんな風に思考していることなど、メリアは知る由もないのだろう。

「だから、あなたは生き延びて……！　あなたが生きて、生き続けている中であなたに救われる人はもっと現れるから……」

メリアの声は震えている。見なくても怯えて泣いていることが分かる。

勝手なことばかり言う。僕の未来を勝手に決めつける。

そのくせ自分は恐怖にすくんで涙を流す。人間とは、理不尽だ。

だけど、その理不尽を振り回すこと、振り回されることが人間として生きることならば——

「分かった。僕は生きる」

僕は脚に力を込める。そして、自らの意志で彼らを頼ることにした。

妖精達よ、答えてほしい。


【転生しても名無し】

何を？

あの蛇を撃退する方法だ。僕はメリアを見捨てたくない。二人でこの窮地を脱したい。

【転生しても名無し】
ホムホムぅーーーーーーー!!!
【転生しても名無し】
カッコつけすぎだろ!!　いや、無謀だろ!!
【転生しても名無し】
無駄死にするだけだ!!　やめとけ!!

嫌だ。

彼女は僕が生きることで救われる人がいると言った。それはきっと彼女も一緒だ。彼女が生きていることで救われる人もいるだろう。

彼女は僕を優しいと言った。そんなことはないのに。僕はあなた達の言葉に従っただけだ。それでも、彼女が僕を優しいと思っているなら、僕は最後まで優しくありたい。

僕は生きたい。彼女を救って。

だから、この窮地を抜け出す手段を考えて欲しい。協力してくれ。

【転生しても名無し】

全俺が泣いた……

【転生しても名無し】
誰か!!　ホムホムに作戦を!!

【◆野豚】
理屈っぽく言ってるけど、これって感情論だよね
だけど、そういうのすごく好き!

【◆まっつん】
ホムホム!　生きろおおおおおおお!!

妖精達の言葉が積み重なっていく。その多くは具体性のない僕を鼓舞する言葉。だが、その中に明確な戦闘プランを提示する言葉を見つけた。

【◆マリオ】
TVのドキュメンタリー番組なんかでアナコンダとかニシキヘビとかでかい蛇に丸呑みにされたけど助かった人がいるって聞いたことある
牙に噛み殺されなければ、体内に侵入できるかも
そこで全力の攻撃をぶっ放せば……

【転生しても名無し】
一寸法師か!　でも、アリかも

【転生しても名無し】

聞こえたな!?　やってみる価値はあるんじゃないか？


ああ、分かった。


僕は前傾姿勢を取る。そして、背負子に吊るしていた燻製肉を取り、蛇に向かって投げた。

投げた肉に蛇が一瞬気を取られたその瞬間、僕は奴の頭に向かって走り出した。

奴も即座に反応し、大口を開けて僕に向かってきた。右手に魔力を集中させる。体内にある全ての魔力を使い尽くすつもりで。

僕と蛇の距離はあっという間に縮まっていき、牙が僕の頭上に来たその瞬間、地面を蹴った。蛇は僕を嚙み砕こうと大きく口を開いていた。飛び込むのに容易い大きさだ。

上顎が背負子に引っかかるそのタイミングで僕は背負子を切り離し、前方に転がる。蛇の顎は背負子をあっさりと嚙み砕き、その口を閉じた。視界が暗闇に閉ざされるが、僕自身は無傷で蛇の体内の喉元あたりに取り付いた。


【転生しても名無し】

いっけえええええええええ!!

【転生しても名無し】

ぶちかませ！

【転生しても名無し】
全力でぶっ殺せえええええええ!!

妖精達の大量の文字が頭にあふれる。だが、それは邪魔にならず、むしろ魔術回路をより駆動させている気がする。

「蓄積魔力完全解放――」

魔術回路は焼ききれんばかりに稼働し、魔力を製造する。はち切れそうな身体の内で暴れ回る魔力を解放するため、僕は引き金を引き絞るようにして魔術名を叫ぶ。

「穿て!《ライトニング・ペネトレイター》!!」

《ライト・スティンガー》の出力を制御限界を超えて放出する、エルガイアモデルのホムンクルスに搭載された最強の攻撃魔術。その破壊力は城壁をも貫く。だが引き換えに過剰な負荷がかかった魔術回路は活動を休止するため、発射後はしばらく戦闘不能状態に陥る。単独戦闘中の僕にとって、それは確実な破壊――――死を意味する。これは最後の切り札だ。

轟音とともに放たれる膨大な魔力。

それは暗闇を穿つ光の柱。

蛇の口腔内を紫紺の色に染め上げ、その肉を灼く。

「!?　ＢＹＹＹＡＡＡＡ!!　ＧＡＡＡＡＡＡＡ！」

分厚く固い肉の内側から突き上げる攻撃に気づいた蛇は狂ったようにもがき、その巨体を地面や巨木に打ちつける。その体内にいる僕は袋の中に入れられて振り回されるネズミのようになす術なく何度も体内の壁面に叩きつけられる。意識を失うほどのダメージはないが、照準を狂わされ攻撃が分散してしまった。

警告――――攻撃の反動による損傷が甚大。

身体中の至る所から血が噴き出す。血の色は赤い。

あの街で死んでいたたくさんの人間が流していた血と同じ色。自分の命が流れ出て尽きようとしている。

活動限界が……近い。

【転生しても名無し】

ホムホム頑張れ、超頑張れ！

【◆マリオ】
俺らにできるのは助言までなのよね。歯痒いったらない
【◆まっつん】
→ばっかやろおおお!!　応援があんだろうがああ!!
【転生しても名無し】

ホムホム！　死ぬなあああああ!!

【転生しても名無し】

お前が死んだらメリアちゃんも死ぬぞ！

そしたらお前無駄死にだぞ!!


　無駄……なことをするつもりは、無い。

　僕の攻撃（ライトニング・ペネトレイター）によって出来た肉の裂け目に魔力を放出中の腕を突き刺す。これで振り回されても一点を攻め続けられる！

「ＳＨＡＧＹＡＡＡＡＡＡＡＡＡ！！！」

　蛇の金属を掻き毟（むし）るような悲鳴が空気を震わせ僕の全身を打つ。だが、僕は攻撃の手を緩めない。

　まだ……僕の魔力はまだ尽きない……全部、全部持っていけ……!!

自律制御できる生命維持機能を休止。すべて攻撃魔力に転用。

許容量を超えて酷使された魔力回路が熱膨張し、体表面に浮かび上がり始めた。目で見て分かるほどの異常事態。最終確認——僕の作戦目的………

「僕は死なない……僕は生きるっ……!!　ああああああああああっ！！！」

生まれて初めて自分を鼓舞するために獣のように叫ぶ。すると呼応するように放出する魔力量が微かに膨れ上がり、その威力は肉壁の耐久力を凌駕した。光の柱が闇を突き破って風穴を開けると。糸が切れたように蛇の巨体が崩れ落ち、体内にいる僕もろとも地面に叩きつけられた。魔力を使い果たし、身動きすらまともに取れない僕が辛うじて頭を上げると蛇の頭部に空いた穴から森の木と空が垣間見えていた。

やった……のか？

僕は脱力して息を吐いた。

【転生しても名無し】
やったああああああ!!

【転生しても名無し】
勝利だ！　ホムホムの勝利だあああ!!
【転生しても名無し】
いや、僕は最初からホムホムはできる子だって思ってましたよ
【◆マリオ】
大金星だろこれ。レベルメッチャ上がるんじゃない？

頭の中の妖精達が喜び騒いでいる。
ああ、無駄死ににはならなかった。
そう安堵して、僕が意識を手放そうとすると、

「SHAAAGYAAAAAAAA！！！」

再び、金属をひっかくような凄まじい音が蛇の口内に響き渡り、僕は外にはじき出された。
朦朧とする頭で視線を上げると蛇が猛烈な勢いでのたうち回っている。その頭からは夥しい量の血が流れ出し地面や木々に遠慮なくへばりつく。

「クルスさんっ!!」

メリアは這いずりながら僕に近寄ってくる。だが危険だ。蛇は死んでいない。のたうち回るのを止め、頭を地面から離し鎌首をもたげた。森の木々よりも高い位置に蛇の頭は昇る。あの位置からならば頭を振り下ろすだけで攻城兵器並の破壊力はある。

僕の身体はもう動かない。あの攻撃を避ける術はない。

終わった――

【転生しても名無し】

……なんか、おかしくない？

【転生しても名無し】

あの大蛇、動かないぞ

頭の中の妖精の文字によって、蛇の異常に気づかされた。確かに動かない。

だが、死んでいるのではない。口を開け、舌をチロチロとさせながら僕を睨みつけているが、まるで縛られているかのように動かないのだ。

「くっくっくっ。木の実を採りがてら、散歩をしていたら中々面白い見世物に出会えたな。僥倖僥倖」

幼い……女の声だ。

その声の主は蛇が垂直に伸ばした胴体に手をついてもたれていた。紫色のローブに身を包み、フードを深く被っているので体型や顔は分からない。

「縛り上げられて苦しいか？　まったく、竜の成り損ないも平和な森にくれば百獣の王気取りか。弱い者イジメばかりしおって、お仕置きじゃ」

あの魔王級モンスターと思われる蛇に対して子犬を相手にするかのような口調で語りかける。そのことに底知れぬ威圧感を覚えた。

「ＢＩＳＨＡＡＡＡＡＡ!!」

蛇は咆哮し、体を動かそうとするも痙攣するように震えるだけ。しかし、血塗れの体から血飛沫が飛び散り、その一滴が女のフードにかかった。

「あ……くっくっくっ。わたしの一張羅に粗相をするなんぞ――」

女の手が蛇の体から離れた。その指先にキラリと何かが光ったかと思うと、

「万死に値するわぁっ!!　死ねぇぇ!!」

と女は甲高い声で叫んだ。手で宙を掴むような仕草をしてクルリとその場で回転すると、連動す

るように高く掲げられていた蛇の胴体が輪切りになって地に落ちた。少しの間、ばらばらになった体はビクビクと小刻みに動いていたが、その動きはすぐに止まった。

「くっくっくっ。大変な目にあったようじゃのう」

女は笑いながら僕とメリアの方を向く。目深に被っていたフードは回転した時に翻ったようで、その頭部が露わになっていた。

不自然なまでに鮮やかな桃色の髪に丸い蒼玉（サファイア）の瞳、そして長く尖った耳。

明らかに人間族とは異なる風貌。僕は彼女が魔族だと判断して身構えた。メリアもすぐに状況を察し、顔を強張らせる。だが、当の彼女は僕達の反応など気にも留めない。

「その様子じゃしばらく散歩は無理だろうて。手当くらいはしてやるから、うちにおいで」

【転生しても名無し】
ちょっ？　これついていっていいの？
取って食われたりしない？
【転生しても名無し】
ついていってもいかなくても、向こうが殺す気ならいつでもできるでしょ
てか、なんなのあの女？
【転生しても名無し】
でも、声はすごく耳に染みるいいロリ声だよ
【◆アニー】

アニオタの私はそういう奴こそマジキチキャラが多い事を知っている

どうせ、選択肢はない。

ボロボロで森に置き去りにされて魔物に食い殺されるよりはマシなことを期待しよう。

＊　＊　＊

【転生しても名無し】

今北三行

【◆体育教授】
ホムホムが森で超デカくて強い大蛇に遭遇
ボロボロになるも魔族の女の子に助けられて家にお呼ばれ
女の子の声は●村ゆかり似

【転生しても名無し】

サンクス……てか最後の一行いらなくね？


僕とメリアが招かれたのは花畑に囲まれた丸太作りの家だった。

二階建てで一階部分に居間と台所があり、二階部分に寝室と空き部屋があるらしい。

メリアはホッとしたのか家にたどり着くと気を失うように眠ってしまったため、居間のソファに寝かせた。

　僕は居間の椅子に腰掛け、少女と正対する。彼女の蒼い瞳は僕の一挙一動を追うようにぎょろぎょろと動いている。


【転生しても名無し】

さて、ひと段落したことだし平常運転で行くかね
女の子キャラ追加アアアアアアッ！　バンザアアアイ!!

【転生しても名無し】

エルフたんキタ━……エルフでいいの？

俺の中で可愛くて長耳の女の子はみんなエルフなんですけど
【転生しても名無し】

種族なんてどうでもいい！　ロリババアなのか？　ロリババアなのですか？

【転生しても名無し】

メリアちゃんがスラっとした美少女なのに対し、この子はマスコット的な可愛さがある美幼女だね
【転生しても名無し】

ホムホムの周り美少女だらけだな（血涙）

　妖精達はメリアを発見した時と同様の反応を見せる。喜んでいるようだが、あなた達は魔族に嫌悪感を抱かないのか？

【転生しても名無し】
可愛いは正義
【転生しても名無し】
そういうのがいるのが当たり前の世界なんだからそれにとやかく文句つけるつもり無いよ
別に俺が何かされたわけじゃ無いし
【転生しても名無し】
少なくともその子にはホムホム助けてもらったりしてるし嫌う理由ないよね

さすがは妖精、合理的だ。人間は魔族を敵だとみなしている。魔族のほぼ全ては魔王軍に属しており、そうでなくとも人間に友好的な者はほとんどいないからだ。だが、僕は人間ではないし、妖精達の言うとおり今のところ彼女から害は受けていない。敵と見做(みな)す理由はないだろう。

僕が警戒を緩めると、そのことに即座に気付いた彼女はうっすら笑みを浮かべて口を開く。

「さて、自己紹介がまだじゃったの。わらわの名前はフローシア。人間どもからは森の魔女などと呼ばれている。見ての通り、人間どもとは異なる風貌をしているからの」

くつくつと笑うフローシア。僕達を助けてはくれたがどのような思惑を抱いているかを知りたい。会話に乗ることで情報を聞き出すことにしよう。

「僕はクルスだ。僕は……」

自分の正体を明かすべきか悩み、言いよどんだが、

「分かっておるよ。ホムンクルスじゃろ。血だらけの虚脱状態だったのが、ほんの数分であの娘を担いで歩けるようになるほどの自然治癒。ところどころ浮世離れした言動に、作り物めいた端整な顔立ち。それにな、人間とは明らかに匂いが違うのじゃよ。ヌシ達は」

フローシアは全てを見透かしたかのようにそう言った。

「しかし、少々変わり種のようじゃな。サンタモニアの連中はホムンクルスを矢や魔石程度の使い捨ての兵隊として運用しているはず。ところがヌシは戦術価値もない負傷した娘を大事そうに守りながら旅をしている様子。くっくっ。奇特な命令を出すマスターもいたものじゃな」

フローシアの認識に僕は反論する。

「違う。僕は命令なんて受けていない。メリアを守ったのは僕がそうしたいと思ったからだ」

僕がそう言うとフローシアは桃色の髪を揺らして笑った。

「カッカッカッ。これはこれは、失礼した。変わり種どころか突然変異だったか。クックックッ、現代の魔術師どももとんでもないものを作ったものじゃな。アーサーみたいな出来損ないの木偶人形からよくもまあこんな生き物めいた子どもが生まれたもんじゃ」

アーサー、三〇年前に作られた僕らホムンクルスの最初の一体(ファースト・ワン)。確かに僕にすれば先祖のようなものだ。

【転生しても名無し】
フローシアたんの口ぶり、なんかアーサーのこと知っているっぽくね？

口悪く言う割に妙に懐かしげですしおすし
【転生しても名無し】
ホムホム、そこんとこ詳しく

「アーサーのことを知っているのか」
「くっくっ。知っているも何も、わらわはあやつの産みの親のようなもんじゃ」

【転生しても名無し】
メチャクチャ重要人物キタコレ!
【転生しても名無し】
産みの親?　え!?　この子処女じゃないの!?
【◆アニー】
いや、ホムンクルスって人間の精子を培養液につけて作るみたいな話を聞いたことが
なるほど……つまりフローシア君は男の娘か……アリだな
【転生しても名無し】
バカなことで盛り上がってる場合か
【◆軍師助兵衛】
ホムホム。フローシアから上手く情報を聞き出せ
お前自身のルーツに関わる話だ。知っておいて損はない

僕は助兵衛の指示に従おうとする、が、質問するまでもなくフローシアは僕にアーサーがどのように作られたかを語り始めた。

「当時からサンタモニアは魔法王国の名に相応(ふさわ)しく、魔術研究、魔導学の発展に重きを置いていた。その反面、軍事力に乏しく兵は惰弱。魔王軍がいつ侵攻してきてもおかしくない緊迫した戦況下で必要とされるのは圧倒的に後者にもかかわらず改善は遅々として進まず、その国運は尽きようとしていた。じゃが乱世窮まる時こそ英傑は現れるというか、錬金術に長けたひとりの魔術師が人造人間(ホムンクルス)開発計画を国の上層部に提言した。神話や御伽噺(おとぎばなし)にも存在しない人が造りし人型生物兵器。まさに悪魔的発想じゃな。他の者が唱えれば荒唐無稽な絵空事と一笑されていただろうが、奴は既に開発、量産、軍事利用に至るまでの道筋を弾き出しておったのさ。藁(わら)にもすがりたい程追い詰められていた国の上層部にとって奴は天啓を授ける預言者と言ったところだったろう。かくしてホムンクルスの開発計画が極秘裏に開始された……と、このあたりの事は知っておったかの?」

「だいたいは」

と、答える。一人の魔術師の発案が国を動かしてホムンクルスが作られることになったという事までは知らなかったが。

「産みの親とあなたは自称したが、あなたがその魔術師なのか?」

「違う違う。わらわの登場はもう少し後なのじゃが、まさか興味を持ったか?」

人間の代わりに戦う兵器。それがホムンクルスでありそれ以上でも以下でもない。自分達のルーツを知らされなかったのは作戦行動に不要であったからだろう。だが、今の僕は通常のホムンクルスの運用から大きく外れてしまったイレギュラー個体だ。その上妖精なんてものが頭に住み着いている。だからこそ、自身につながる情報を収集する必要がある。

「興味……かもしれない。必要な情報だと思っている」

僕の言葉を聞いてフローシアはニマーっと笑った。

「そうかそうか。じゃあ、遠慮無く話を続けることとしようか。神ならざる人が異形の生命を作り出す。不可能なことのようにされているが、実のところ件の魔術師でも人工的に生命を造り出すこと自体は早い段階で成功していた。それはそれでとてつもない偉業ではあるが、その生命を人間のカタチにするまでは至っておらんかった。このカタチというのは姿形だけでなく、知性を持ち人間が使役・管理できるという意味でもある。この段階での人工生命はそれにには程遠い出来だった。それに他の生物と同様、胎児から成体になるまで長い成長期間を必要とする問題は解決しておらんかった。魔導学の限界という奴じゃ。魔導は魔術に即しているため、この世の摂理を超えた事象は起こせん。行き詰まった奴は魔族であるわらわに助力を乞うてきた。まあ、わらわも魔王軍だなどと名乗り世を乱す連中は気に食わなかったからな。利害の一致という奴じゃ。少しばかり奴らに手と知恵を貸してやった」

フローシアはそう言うと、糸を取り出してみせた。髪よりも細い無色透明の糸だ。

「これは魔術繊維と呼ばれる魔力浸透率の高い糸じゃ。古くから魔術対策の防具なんかに使われることの多い素材じゃの。防御魔術を吸わせて耐久力を上げたり、敵の攻撃魔術を相殺したりなどが一般的な使い方じゃが、これで魔法陣を描くこともできる。魔法陣は最も原初の魔術であり、魔力を生み出し行使する魔術回路を人工的に作成する魔導学の根本とも言うべきもの。あまりに古臭く基本的な魔術じゃから最先端の魔術を開発、研究している連中は軽んじておったが……それが鍵じゃった。

生物は成長という時の流れを経て完成する。じゃが、短剣は長剣になるか？　胸当てが全身鎧（フルプレート）になるか？　モノはあらかじめ与えられた形があり、磨耗することはあれど最初から完成しておる。わらわはハナから人間の代わりに戦わされる哀れな生物なんぞ作るつもりはなかった。人間の代わりに嫌なことを引き受けさせられるのなんぞモノにやらせればいい」

フローシアはニタリと笑ったが、その表情にどこか歪（いびつ）な印象を受けた。口元は笑っている時の形をしているが、目はそうじゃない。

「わらわは人間の生物的骨格を魔法陣にて作り上げた。それさえあれば後はサンタモニアの魔導技術でも自律行動する人形を作り上げることは十分に可能。しかもわらわの作った魔法陣は極めて優秀でな。人形に擬似的な生命を与えるだけではなく、人間や魔族の魔術回路と同様の機能を果たす上に大気中のマナを自動補充して半永久的に稼働し続けることができる。人の形をしながら、生まれた時に成体であり、人間以上の魔術回路を備えた戦闘兵器……ホムンクルス『アーサー』が誕生した」

フローシアは一息つくようにカップの紅茶に口をつけた。

僕も真似るように紅茶を口に含み飲み干す。葉の香ばしい香りがした。

「くくっ。向かい合っている相手が美しいと紅茶の香りが引き立つのう。アーサーといいヌシといい……道具に美麗さを求めるのは人間の悪いクセじゃが、フフ……嫌いではない。サンタモニアの連中の美的センスだけは認めざるを得んな」
「アーサーの存在は知っているが、どんな個体なのかは知らない」
「身体は英雄譚の時代の剣聖アーサーをモデルにしたとかで、それはそれは逞しく美しい、絵に描いたような美丈夫じゃった。ここだけの話、工房で誰も居ない時を見計らって色々愉しませていただいたこともある」

色々？　どういうことだ？

【転生しても名無し】
いろいろｋｗｓｋ!!
【転生しても名無し】
なに、このロリババア、下ネタオッケーなの？
【転生しても名無し】
ふぅ……けしからん
【転生しても名無し】
この変態ババアめ！　俺の股間のエクスカリバーでお仕置きしてやらねば
【転生しても名無し】
→そのエクスカリバー、１／１００スケールだぞ

【転生しても名無し】
しかも鞘が被ってるｗｗｗ

知らない言葉や怒っているような言葉が僕の脳内を占拠する。普段と比べて騒いでいる妖精の数が圧倒的に多いことには何か深い意味があるのだろうか。推測するにも、現在では情報が不足している。よって、情報提供を求む。

『股間のエクスカリバー』とは何を意味している？

【転生しても名無し】
ホムホムは知らなくていいんだよ！
誰だ！　ロからクソを垂れ流してるバカは！
【転生しても名無し】
怒ってるんじゃないんだよなあ……
むしろこれまで無いほど一体感を感じているんだよ
【転生しても名無し】
てか、ホムホムはイケメンだったのかあ
なんかがっかり。感情移入できなくなっちまうよ
【転生しても名無し】

→人型なのにゴブリンをモデルにする必要ねえだろ
【◆アニー】
ちょっと待って！
作り物めいた端整な顔立ちって２・５次元俳優みたいな？
鏡！　鏡を用意して！

魔術回路や魔法陣の説明をしている時は静かだったのに……

「さて、と。冗談はさておき話を戻そうか。要するにヌシらホムンクルスは魔法陣を体内に宿した人形。モノであり生物ではない。じゃが、魔法陣を平面ではなく立体に描くことで情報量は何百倍にもなっておる。人の体の中に神殿級の大魔法陣を宿しているわけじゃな」

【転生しても名無し】
ほえー、えらい手間かかってるんやな
【転生しても名無し】
それを使い捨てにするとかもったいなくね？

頭の中の妖精達の疑問を伝えるとフローシアはニヤリと笑って応える。
「手間がかかったのは最初の一つを作るまでで、複製作業自体は容易なことじゃ。アーサーに備えた魔法陣を複製する魔法陣をわらわが作ってやったからの。ヌシの中にもその複製された魔法陣が備わっているはずじゃ」

人と話すことが好きなのだろうか、その後もフローシアのアーサーにまつわる思い出話は続いた。だが、アーサー以外のホムンクルスについての話はほとんど出てこなかった。

「あなたは何故、アーサーのことだけを語るんだ。他のホムンクルスの作成には関わっていないのか？」

僕の質問にフローシアは目をそらし、ため息をついた。

「もちろん、第二、第三世代のホムンクルスの設計にも関わっておる。アーサーはプロトタイプじゃったからな。より人間の役に立つように後の世代のホムンクルスは改良したつもりじゃ。じゃが……わらわは気づいてしまったのじゃよ。道具に生命を持たせれば、それはモノでなくなってしまうということに」

フローシアは俯きながらも言葉を続ける。だが、声音が小さく震えている。

「アーサーは思考回路が未発達で、戦場における自己判断ができないという欠陥持ちじゃった。元々、試作品として造られた奴は実際の運用レベルまで完成度を高めることは期待されておらなんだ。早々に見切りをつけたサンタモニアの魔術師どもは後継種を作ることに注力した。一方、型遅れとなったアーサーは…………」

「どうした？」

フローシアは沈黙し、ギリッ、と音を立てて歯軋り（はぎし）をした。

「……アーサーは貴重な成功例の試作品としての役目を終え、壊れても構わない実験動物に成り下がり、それまでの丁重な扱いが嘘のように酷く乱暴に扱われた。あやつに課せられた使命はホムンクルスにおける後天的な能力強化手段の確立。つまりホムンクルス育成のノウハウを培うため、サンタモニアの魔術師達はありとあらゆる方法での教育をあやつに試行した。その中には人間相手には到底行えないような人道に反するものもあった。たとえば、ヌシが搭載している自動治癒の術式もアーサーの四肢を何百、何千回と切り刻む実験の末に基礎が出来上がった」


【◆まっつん】

なにそれこわい。拷問じゃん！

【◆バース】

動物実験による犠牲は学問の発展に付き物やけど、ヒト型の生物にそれをやってのけるのは倫理観イッちゃっとるやろ……

【転生しても名無し】

ちょっとフローシアには幻滅かな

妖精達はアーサーに行われた行為を忌避し非難している。

「フローシア。あなたもそんな実験に関わったのか？」僕がそう言うと彼女はキッと僕を睨みつけてきた。

「その頃は別の作業にかかりっきりじゃった。アーサーがそんな仕打ちを受けていたと知った瞬間、わらわはあやつのもとに駆けつけた。じゃが……そこにはもう、美しき英雄はおらんかった。過酷すぎる実験によって四肢はグシャグシャになり、内部の魔術回路も千切れ果て、皮膚や髪はほとんど剝がれ落ちていた……尚悪いことに人間ならとっくにくたばっておるような状態なのにアーサーは活動停止しておらん。

ハッ！　思考回路が出来損ないだったのは幸いじゃったかもな。苦痛や恐怖を感じるのは思考するからじゃ。しかし、アーサー自身は無事でもわらわは平静ではいられなんだ……モノであっても大切な存在じゃった。道楽で始めた研究じゃったが、奴が脈打った時の喜びや感動は本物じゃった。子を産んだ母の感傷とはこういうものかと思いを馳せた……人間に弄ばれるためだけの生命を作ったヤツが何をほざくのかと笑うかの？　わらわもこの感情がどこから来るのか分からん。このように思い出話を笑って話すくせに、なかったことにしたいとも思っておる。ククク……この矛盾だらけの心を解析できるほどの器量がわらわにあれば、アーサーをあんな憐れなモノにしなくて済んだのかもしれん……」

フローシアは頭を抱えて肘を机に突いた。これは、後悔という感情だろうか。後悔は人を苦しめる。未来に起こることは変えられるが過去は変えられない。どうしようもないことをどうにかできないかと考える。人の心は時として自らを傷つけるために暴れ出すことがある、と妖精達は言っていた。言葉だけでは分からなかったことを、僕はフローシアを前にすることで少し理解できた気がした。

アーサーは魔王軍との戦闘テストで破壊されたとされているが、本当にそんな華々しい死に様だったのか。暗い工房で無茶な実験によって壊れてしまったんじゃないのか。

僕が予測するようなことをフローシアは長い年月の中で考えていたのだろう。僕は彼女の気持ちを理解することは出来ない。

だが、彼女が後悔をしているのは分かる。

だから僕は――


「あなたのおかげで生まれた命がある。

僕がそうだ」


フローシアは目を丸くして「えっ」と漏らした。

僕は続ける。

「ホムンクルスは人間の代わりにサンタモニアの軍役を担っている。おかげでサンタモニアはこの時代でも魔術や魔導の研究に若く優秀な人材を投入できる。ホムンクルスは並の人間より強い。だから僕らは求められ、生まれて救われた命はあった。

あなたが作ったアーサーは人間に弄ばれるためだけの存在じゃない」


フローシアはキョトンとした顔で僕を見つめている。さらに僕は彼女の話を聞いて思ったことを伝える。

「僕は……僕達の創造主は使い捨ての兵器としてホムンクルスを扱っていると思っていた。だけど、あなたはそうじゃなかった。少なくとも、僕達の先祖であるアーサーのために苦しんでいる。僕はあなたを……優しい、と思う」

妖精達の言葉、共に行動したメリアの言動、そして僕の前で胸の内を晒したフローシア。十分な情報量とは言えないが、今の僕にできる解析結果を伝えた。


【◆野豚】

マジか……

【転生しても名無し】

ホムホムがすげえ成長してる!?

【◆まっつん】

ホムホム！　それは解析結果なんかじゃない！　お前の心だよ！　お前はちゃんと心を伝えているよ!!

【転生しても名無し】

俺は最初からそうだと思ってたね。メリアちゃんを助けた時だってアレはホムホムの心からの行動だったもん

しばし沈黙が流れた後、フローシアが笑い出した。

「カッカッカッカッ！　これはこれは、まさかここまで高説を垂れるほどホムンクルスが進化しているとは！　驚きを通り越して笑いが止まらんよ。嬉しい……嬉しいなあ！　アーサーを作ったことがこんな愉快な来客に繋がるなんて！」

フローシアは笑いながら席を立ち上がり、ゆっくりと近づいてきて僕の体に寄りかかった。

「クルスとやら、わらわはそなたが気に入ったぞ。とっても！　どうじゃ？　今宵はわらわの寝床でしっぽりと睦み合わんかの？」


【転生しても名無し】

む……むつみあう??

【転生しても名無し】
→要するに『パフパフしましょう』ってこと！
【転生しても名無し】
●録画
【転生しても名無し】

キター－－－――!!

【転生しても名無し】

くっそwww明日朝早いのにwww

妖精もフローシアも何を言っているのか分からない。だが、フローシアの表情を見ると僕は正しい選択をしたのだろう。

「むつみあうとはどういうことだ」

「おぉう。それはこれからわらわがじっくりねっとり教えてやるかいの。とりあえず、まずは気持ちを高めるためにぃ」

フローシアは僕を後ろから抱きすくめる。体を舐めるように手を這わし、顔を近づけて、

「何やってるんですかぁぁぁぁっ!?」

いつのまにかソファから起き上がっていたメリアが大声で叫んだ。

「ナニするつもりに決まっとろうが。ヌシも混ざるかいの？　人が多いは多いで面白いぞ」

【転生しても名無し】
何なのフローシアさん。マジ森の賢者
【転生しても名無し】
→森の賢者っていうとオランウータンが浮かぶからやめれｗｗｗｗ
【◆与作】
メリアちゃんも!?　メリアちゃんも混ざるの!?
【転生しても名無し】
メリアちゃん派の俺大歓喜
【転生しても名無し】
おいホムホム、そこ代われ！

メリアは真赤な顔で涙目になりながら、

「するわけないでしょうがあーーーーーーー!!」

家を揺らさんばかりに絶叫した。

＊　＊　＊

メリアが平静を取り戻すためにペチペチと自分の頬を叩いている。その様子を見ていたフローシアはニヤニヤとしながら「脚を治してやるからコッチに来い」と居間の椅子にメリアを座らせると魔術繊維の糸を患部である足首に巻きつける。

「ふむふむ。このくらいなら三〇分もすれば治るじゃろ。クルス、ヌシはその間に風呂にでも入ってこい。家の裏手の建物がそれじゃ」

「お風呂！　お風呂があるんですか!?」

メリアが目を輝かせて尋ねる。

「んふふ。しかも浴槽にお湯を張って入浴する湯殿式じゃ。お貴族様でもそうそう持ち合わせてはおらんぞ」

「あのー……私も後でお借りしていいですか？」

「よいぞよいぞ。せっかくじゃし、わらわも一緒に入ってやろうぞ」

「……変なことしないでくださいね」

「んふふ」

僕はフローシアの指示どおり、風呂があるという小屋に着いた。だが、風呂とはどうやって入るものなのか経験がない。

……経験がない。

【転生しても名無し】
ホムホムもだんだん俺たちの利用法が分かってきたんじゃないか
【転生しても名無し】
まー、とりあえず服を脱いで、自分の尻を叩きながら「びっくりするほどユートピア！」と三回唱えろ
【転生しても名無し】
やめたれｗｗｗｗ
【転生しても名無し】
服は浴槽のある部屋の前で脱げ。下着も全部だ
浴槽のある部屋に入ったら桶で浴槽の湯を掬って体にかける
で、たわしで体をゴシゴシ磨いて、汚れが出きったら再び湯をかけて洗い流す
それがすんだら浴槽に体をつけろ

やってみる。


出撃する際に鎧の下に着ていた服だが、これまでの道程でボロボロになってしまっていた。

ボロボロの服を脱いで裸になり、浴槽のある部屋に入ってお湯をかける。

温かい。心地よいと感じる温度だ。そして、タワシとやらで体を磨く。

うん、これも程よい刺激で、心地よい。

体を磨いていると壁に鏡がかけられていることに気づいた。

全身が映るサイズの鏡だ。

なるほど、これで汚れているところを見つけて磨けばいいのか。

僕は頭や首、脇の下、背中など普段見ることのない場所を重点的に磨いていく。

【転生しても名無し】

……ホムホム。ちょっと聞きたいことあるんだけど
なんだ?


【転生しても名無し】

ホムホムって、女の子?　男の子?

【転生しても名無し】

それなｗｗｗ
いや、確かに性別は聞いてなかったけど、てっきり男だと
【転生しても名無し】

え!?　いや女の子でしょ!

目がくりくりしてるし肌ももちもちしてるし!

【転生しても名無し】

髪の毛もさらさらのロングヘア……

【転生しても名無し】

胸はぺたんこだけど、股間は……?

【転生しても名無し】

クソ!　湯けむりで大事なところが見えん!

【転生しても名無し】

フローシアが作り物めいた端整な顔立ちって言ってたからイケメンだと思ったら、中性的な美少女顔じゃねえか!!　なにこれ!　超俺得!!

【◆オジギソウ】

私女だけど、いや、これちょっと男女関係なくキュンと来るタイプの顔というか……そりゃあメリアちゃんも警戒しないわ。フローシアさんもつまみ食いしたくなるわ

ちょっと何言ってるか分からない。

ちなみに僕のモデルになったのはロマネスク英雄譚に出てくる聖天使エルガイア。性別は曖昧だが、おそらく――

【◆野豚】
曖昧かあ……なあ、みんな提案があるんだが
この件については曖昧なままにしておかないか？
男だと思うやつは男。女だと思うやつは女
ふたなりと思うやつはそういうことで
【転生しても名無し】
異議なし！
【転生しても名無し】
そうだね。ホムホムの性別は皆の心のなかに一つだけあるんだよ
【転生しても名無し】
とりあえず見た目美少女ってだけで俺はホムホムを幸せにするモチベーションが増したぞ

浴槽のお湯につかると体の筋繊維が溶けるような感覚が生じた。

非常に心地よい。未知の感覚だ。なるほど、だからメリアはあんなにも目を輝かせていたのか。

人間をはじめとする生き物は心地よいと感じることが好きなのだろう。僕にも同じようなギミックが働くのは、もしかすると創造主であるフローシアの優しさの表れなのかもしれない。

風呂からあがると、メリアが元気に飛び跳ねている。完治した自分の身体を確かめているようでご機嫌だ。そしてその勢いのまま風呂場に直行した。ニマニマと笑みを浮かべながらフローシアも後に続く。

二人が入浴している間ずっと妖精達は二人の入浴を覗く覗かないで論争を繰り広げていた。

フローシアは風呂から上がると、手早く夕食の準備をした。

蛇との戦いで損傷した部分の修復を進めるために僕も栄養を補給する。

ただ、栄養補給のつもりで口にした食事が存外心地よい。

これは地下洞窟で水を飲んだ時に感じた「おいしい」という感覚だろう。僕達の反応を見たフローシアは気を良くして次から次へと食事を配膳した。

夕食が終わると、改めて今後の方針について話すこととなった。

「イフェスティオ帝国に帰りたいとな」

「はい。私はイフェスティオの商人の娘で、販路拡大の為にサンタモニアの商会に嫁ぐことになっていたんです。ですが、城塞都市アイデンブルグが陥落した今、イフェスティオとサンタモニアとの販路は閉ざされました。もはや、嫁ぎ先にとって私は負債でしかないでしょう。門を叩いても無視をされるのが目に見えております」

「負債のう。化粧なしでこれだけ見目麗しい娘なら娶る価値はあると思うがのう」

フローシアは舌なめずりをしながらメリアの顔を覗き込むように見る。

「ありがたい評価ですが……商人にとっての結婚は商売の戦略の一手に過ぎませんので」

「ふむふむ。たしかにサンタモニアで暮らすにしても身寄りのない娘ができる仕事なんて限られとる。気ままに生きるというのは難しいものじゃのう」

フローシアはこの上なく気ままに生きている気がするが、僕は口を開かない。

【転生しても名無し】
ホムホムは空気を読むスキルを覚えた
【転生しても名無し】
そのスキル、ワイも欲しい

「魔王軍の活動が活発なこのご時世、旅のお供がクルスだけでは心もとないのう……」

フローシアは安楽椅子をゆすりながら、腕組みをして目をつぶっていたが、突然目を開け、

「そうじゃ！　お使いを頼まれてくれんかの！　ある者に渡したい物があるんじゃが、わらわはこの森から出たくない。それをやってくれたら、報酬代わりにヌシらを警護してイフェスティオまで送り届けるようその者に言い添えよう」

「お使い……輸送任務か」

「まあ、そんなもんじゃな」

「あの、そのある者って誰で、何を届けるんですか？」

「届ける物は……わらわお手製の魔導書じゃ。気が向いたら送りつけると約束しておってな。届ける相手はソーエン国の首都、ダーリスに住むブレイド・サザンという男じゃ。そろそろ二〇歳頃になるのかのう」


ソーエン国、ダーリス。

サンタモニアの北の海にある島国とその首都だ。

地理的な情報しか知らないが、確かにソーエン国からならば、海路を使って魔王軍の勢力範囲をすり抜けられるかも知れない。

僕がそんなことを考えていると、メリアが血相を変えて立ち上がった。


「ソーエン国ですって!?　国民はみんな、人間とオーガのハーフと呼ばれるくらい野蛮な、ソーエン国ですか!?」

「ひどい言われようじゃのう。イフェスティオではそう習うのか？」

「ええ……あそこはハルモニアに軍事協力はしているものの、通商条約や友好条約は結んでなかったりで謎が多い国ですから。それに戦闘民族を自称するくらい戦好きな国民性で、魔王戦争以前の時代では周辺国に侵攻して虐殺の限りを尽くしていたとか」

【転生しても名無し】

ソーエン人は戦闘民族だ！　舐めるなよ！

【転生しても名無し】

穏やかな心を持ちながら怒りによって目覚める伝説の超ソーエン人がいるんですね。わかります
【転生しても名無し】

もう、そいつらに魔王倒してもらえよ

メリアは不安そうに僕に視線を向ける。

これは僕にも同意して欲しいというサインだろう。

だけど、僕は――


「メリア、この依頼をうけるべきだ」

「クルスさん……でも……」

「どのみち僕らに安全が保証された選択肢はない。イフェスティオへの旅はそれくらい危険なものだ。それに、フローシアがむざむざ僕達を死地に追いやる理由もない」

フローシアと出会っていくらの時間も経たないが、彼女には良識がある。アーサーの末路に心を痛める程度には。僕の言葉にフローシアはニマーッと笑った。

「ま、そういうことじゃな。少なくともソーエンの国民は亜人でも魔族でもない普通の人族ばかり

じゃよ。むしろ今時めずらしい単一民族国家じゃし、独特な文化を持っとるしでなかなか面白い連中じゃな。戦好きなのは否定せんが、それでも話が通じない相手ではないさ」

僕とフローシアの言葉に押されてメリアは渋々同意する。出発は明日の朝だ。

その日の深夜、僕は荷造りをしていた。

フローシアは気前よく、家の中の食糧や道具などを好きなだけ持っていっていいと言ってくれたので、大きな背嚢(はいのう)にそれらを詰め込んでいく。

作業中、フローシアが寝間着姿で様子を窺いに来た。

「ヌシも大変じゃのう。あの娘の里帰りに付き合う義理はなかろう。行く当てがないのならば、しばらくここに居候してても構わんのだぞ」

フローシアの寝間着は黒色の薄い生地で出来ており服の下の身体の線が浮き立って見える。その姿で僕の視界にヒラヒラと入り込む度に頭の中の妖精達が雄叫びを上げたり、記録に残そうとしたりして騒がしいことになる。

それはさておき、フローシアは僕の事をある程度大切に思ってくれているのだろう。彼女の誘いに乗ることは堅実で合理的な判断と言える。だが、

「僕はメリアをイフェスティオ帝国に連れて行く。今は、その為にこの命を使いたい」

「娘に惚れておるのか?」

「惚れる？」

「自分のものにしたいとかそういう気持ちじゃよ」

メリアを自分のものに。そんなこと考えたこともなかった。僕らホムンクルスは国のモノでその命は消耗品だった。だけど、人間であるメリアだって商人の世界では一つの駒として物のように右から左に運ばれている。そういう意味でメリアを自分のモノにできる者もいるのだろう。

だけど僕は、

「それはない。メリアは人間だ。モノじゃない。メリアは僕が優しいと言ってくれた。心を持たないはずのホムンクルスに。彼女がそう言ってくれたから、僕は自分が優しいのだと分かった。優しいということは心があるということだから、僕には心があると分かった。僕はモノだった。でも今はモノじゃない。そのことに心地よさを感じるから、僕はメリアをモノにはできない。僕をモノじゃなくしてくれたメリアは人間でなくてはならない」

と答えた。

「はいはい、ごちそうさんでございました。まったく、デキが良すぎて可愛げがないわ」

フローシアは大きなため息をついて階段を上がろうとするが呼び止める。

「すまない、フローシア、頼みがある」

「なんじゃ。案外注文の多いやつじゃのう」

「僕に武器をもらえないだろうか。剣でも槍でも斧でもいい。森を抜けるにしても丸腰では心もとない」

僕の言葉にフローシアは少し思案して、ピンときた！　といった顔をした。

フローシアに招かれて入ったのは彼女の寝室だった。武器や防具どころか書物すら置いていない寝て着替えるだけの機能しか持たない部屋に見えた。だが、彼女はタンスの前に屈み込むと一番下の段から布に包まれた何かを取り出した。

「重っ！　ひぃぃ、か弱いわらわには酷な作業じゃっ！」

苦しそうな表情をしながら床に投げ出すようにして置いた。

僕は了解を取ってその包みを開けてみる。中身は剣だった。長剣で、刃渡りは八〇センチといったところか。

「昔の男が置き忘れていったものじゃ。いつまで経っても取りに来ないから捨ててやろうと思ってたんじゃが……持っていっていいぞ」

僕は剣を手にとってみる。サンタモニアの通常装備の長剣よりは幾分重いが問題なく振り回せる重さだ。

【転生しても名無し】

おおっ！　カッコいいじゃない！　ゴテゴテしてないけどなんか印象的というか
【◆アニー】

うんうん！　主人公が持つにふさわしい剣だ！　性能はどうなんだろ？

誰か剣の目利き出来る人いませんか！

【◆軍師助兵衛】

日本刀ならある程度判るがあくまで美術品としてだな。素人の俺たちより元軍人のホムホムの方が詳しいだろう

　剣の握りの部分を握り込んでみる。サビはおろか微かな摩耗すら見当たらない新品同然。だが不思議な程に掌に馴染む。

　刃の状態はどのようなものかと、鞘から引き抜くと――

【霆「逕溘＠縺ｦ繧ょ錐辟。縺】
繝輔〇繝ｼ繧ｷ繧「繧≫?ｦ窶ｦ繧医Ⅳ繧?￥謚?＞謇九ｒ驕ｸ縺ｳ縺翫▲縺滄。縲ゆ↑繧後?ｓ縺慕卒蛹ｴ
繧ょｾ?◆縺励◆縺九・縺ｵ縺ｯ縺輔◇縺九＠蜆ｴ邁?縺ｴ蝎ｲ繧帝∩繧薙〒縺上ー縺溘ｓ縺?繧阪Ⅳ縺ｴ
縲√▲縺ｦ?√??縺ｴ繧薙□縺薙ー縺ｯ??ｼ滝??莠ｺ蠖「縺ｱ縺ｯ辟。縺ｯ?°?√??閼ｳ繧ょｿ?ｂ蜻ｽ繧ゆ
→縺???ｦ窶ｦ縺?ｄ縲√↑繧後ｂ謫ｻ莨ｼ逧?→繧ゅ?縺ｯ縺ゅｋ縲
縺昂ｓ縺ｴ縺薙↓繧医・j繧ゆｸ榊袖縺?％縺ｨ縺ｫ縺ｴ縺」縺溘ｊ蛹迚ｳ縺ｱ縺吶・i縺ｴ縺?％繧薙→莠ｺ

蠖「縺ｱ縺ｯ詞代?雋?闕ｷ縺ｫ閨舌∴蛻?ー繧薙?ゅ%繧?▽縺梧ｭｷ縺ｭ縺ｰ莉悶?閨?←蟋斐?繧峨ー繧句庄閭ｽ謌ｱ繧ゅ≠繧九'蝓ｦ蝓ｦ縺昴b縺昴b縺薙d縺、縺ｮ蟇ｼ蜻ｽ縺後↑繧後¥繧峨∧縺玖ｦ句ｽ薙b縺、縺九s縺

【転生しても名無し】

な、なんじゃこりゃあ!?

【転生しても名無し】

気持ち悪っ!!　文字化け!?

【霆「逕@縺ｦ繧ょ錐辟。縺】

『蠢??荳ｭ縺ｫ蛻・縺ｮ莠ｺ譎ｯ蝓ｦ蝓ｦ縺?d縲ｗ「≠縺ｾ繧翫↓繧ｷ繝ｩ繝励ΝN縺吶℃C繧九?る?墹ｯ。?溢??縺?縺後?ｗ「%繧後?蛻・縺ｮ谺。 蜈??ｦ蝓ｦ縺ｯ縺輔*縲ｗ「%縺ｮ莠ｺ「?ｗ「??蛻・谺。 蜈??謦倥§縺ｵ蟷ｫ謌&繧後※縺?k縺ｮ縺ｯ蜈ｷ迪??繝霈ｪ縲繝ｳ繧ｭ繧「縺ｮ霑吶∧蝓ｦ蝓ｦ縺?d縲ｗ「≠縺ｮ蜀?遨??迺√繧ｦ縺ｯ o 縺悶o 縺九ｸ也阜縺ｫ霓ｫ逕ｳ繧呈姶縺ｫ譌?蠅ｲ縺ｮ諢滓Ⅳ縺ｨ逹ｽ繧ｸ繧貞?ｗ「□縺ｨ縺ｲ蜉ｱ◆繧牙?縺ｦ?縺ｬ繝鯛ｹ縺ｮ?ゅ?ｗ「@縺ｫb詞代?謦倥倥諱ｵ縺ｫ豌蜉ｱ▼縺ｫ?◆縺ｫ?ゆ↑縺ｫ?d繧峨%縺。繧
峨?ｨ?髢峨?霑?ｧ」縺ｧ縺ｮ髮?縺?h縺ｮ?□縺ｫ?蟋?ｦ蝓ｦ鬩ｩ鬮ｩ髯□』

【転生しても名無し】

おいおい!　ホムホム!?　どうなってんの!?

【転生しても名無し】
ちょっ!!　なんだよこの書き込み!!
【転生しても名無し】
ウイルスでも感染したか!?

【霆「生潅@縺ｦ繧ょ錐無し】
『蠕ｨ貂峨〒縺阪s?√「??荳?蛟九?莠ｺ蠖｢蠖「縺ｮ荳ｭ縺ｫ縺ｵ縺薙ー縺?縺代?縺雁ｼ縺ｨ縺?Ⅳ縺薙→縺ｯ縺ｪ繧ｨ繝ｪ繝ｪ縺帙?縺ｨ縺?ⅣK縺ｨ縺翫□縲ゅ?潅??縺帙▲縺九¥縺ｮ讖滉ｼ壹□縲ゅ?縺ｧ縲∵兜縺｢□縺」縺
潅?縺ｫ?∬ｨ繧定ｾｼ繧ゅ≧縲ゅ　　貴様ら』

【転生しても名無し】
うわあああああああああああ!!
【転生しても名無し】
ちょ!?　ホラー展開!?　笑えないんだけど!!
【転生しても名無し】
やめろ!　俺一人暮らしなんだぞ!

【醯畷し@＊饂名無し】
『余計な……真似をするな……だ――』

「しっかりせいっ！」

フローシアの喝で意識が戻った。

一体何があった？　剣を鞘から抜いた瞬間、意識が――

【転生しても名無し】
おいおいおい！　その剣やべえ！　絶対もらうな!!

【転生しても名無し】
その剣なんか悪いの憑いてる!!　絶対!!

【転生しても名無し】
てか、俺らが脅迫されたんですけど!!

頭の中の妖精が騒いでいるが何の事を言っているのかわからない。

「剣の魔力に呑まれおったな。コイツはちょっとした魔剣でな、持ち手の精神に干渉する力を持っておる。このままじゃヌシには重すぎるな」

そう言って、フローシアは剣の柄に糸を五本、巻きつけた。

「封印をかけてみた。持ってみよ」

再び剣を手に取る。研ぎ澄まされた漆黒の刃が剝き出しになっているが、今度は何もない。

「今のヌシではそれ以上封印を外すと魔力に呑まれるからな。

強くなったら一つずつ封印を外していくがよい」

「感謝する。それでは借りていく」

「くっくっくっ、借りるというのは返す前提の物言いじゃぞ。ちゃんと返しに来るのかの？」

「いつになるとは言えないけど、また此処（ここ）に来る。

風呂は心地よかったし、食事もおいしかった。

アーサーの話ももっと教えてほしい」

「……ホント、貴様は優等生じゃな」

そう言って、フローシアは僕の頬に唇を軽く押し当てた。

「もう少し、世間擦れしてから出直してこい。そうしたら、風呂や食事より心地良いことをこの部屋で教えてやるかいの」

フローシアはくっくっくっと笑って、布団に潜り込んだ。

彼女の部屋を出た後も僕の頬にはしっとりとした温かさが残っていた。

＊　＊　＊

翌朝。フローシアに勧められて朝風呂という行為をした僕が脱衣所に上がってくると真新しい服と靴が用意されていた。それらを身につけて表に出ると、同様に新しい衣服を纏ったメリアが僕を待ち構えていた。

「わあ！　クルスさん、よくお似合いですよ！」

「似合う？」

「カッコいいってことです！　あらためて見るとクルスさんって女の子みたいな顔立ちしていますよね。腕や脚も細いし。なのにあんな凄い力が出るなんて」

「見かけと力の差異はフローシアの方が顕著だ」

　穏やかな日差しの降り注ぐ花畑に魔法陣からの散水が行われている様子を眺めている少女はメリアよりも小柄で棒切れのような手脚をしている。だが、僕が圧倒された大蛇を瞬殺した力の持ち主だ。

「フフ、二人ともよく似合っておるよ。せっかくの器量よしなんじゃ。小綺麗な格好をして町の人間どもを魅了してやれ」

　フローシアは僕達を眺めながら少し悪戯っぽい笑みを浮かべた。

「いろいろ良くしてもらってありがとうございます。助けてもらっただけでなく、至れり尽くせりのおもてなし、しかもこんな立派な服まで……」

「なあに、裁縫は趣味じゃからな。最近の流行は追っておらんがなかなかのものじゃろう」

「えっ？　まさか、これ全部フローシアさんが!?　やけにサイズがピッタリとは思ったけど、たった一晩で!?」

　メリアは驚きを隠せないようだが、ホムンクルスの魔術回路のような精密な魔導工作をやってのけるフローシアにとっては容易いことだろう。

「どうじゃ？　メリアは気に入ってくれたようじゃが、ヌシは？　どう思う？」

フローシアに言われて改めて衣服を確認した。

「着心地は良い。だが魔物との戦闘を想定すると金属鎧が欲しい」

と、返答するとメリアが慌て出した。

「クルスさんっ!?　どうしてここまでされていながら追加の要求ができるんですか！」

「意見を求められたから答えただけだ」

【転生しても名無し】
いや、メリアちゃんが正しい
【転生しても名無し】
自重しろ。さすがに怒られるぞ

怒る？　その割にはフローシアは愉快そうだが。

「くっくっくっ……ヌシが遠慮知らずなことは織り込み済みじゃよ」

フローシアがローブの内側に手を入れると白い魔力光が発生した。その光の中に手を入れて取り出してきたのは二人分のマントだった。

「ヌシはともかく、若い娘に上衣も着せずに旅させる訳なかろう。鎧代わりになる程度には頑丈で何より身軽じゃ」

僕は受け取ったマントを早速羽織ってみる。フローシアの言ったとおり、防風性、防寒性はもちろん物理攻撃に対する耐久力も備えているのがすぐに分かった。

　メリアも纏ったマントをまじまじと見つめ、唸っている。

「すご……こんなの帝都でも扱っているお店ないですよ……軍用品ですらこんな高品質な素材で仕立てているのがどれだけ――」

「ほう。さすがは商人の娘。目がきくな」

「え……あっ！　すみません！　つい夢中に！　……本当にもらっちゃって大丈夫なんですか？　私達無一文で何もお返しできないのに」

「なんのなんの。昨晩はクルスにたっぷりと愉しませてもらったからの。久々に良い汗もかけたし若返った気分じゃわい」

「へ……愉しませて……く、クルスさん!?」

　メリアが大きく目を見開いて僕の方を向いた。

「僕はそこまで上手くできたとは思えなかったが」

　感情の揺れ動きがある相手との会話を適切に行うにはまだまだ僕の経験や知識は不足している。故に会話の出来も人間達には遠く及ばなかったはずだ。

「謙遜するな。初めてにしては上出来じゃったよ。あとは場数じゃな。幸い可愛い連れもおるんじゃし、お相手をしてもらえばよかろう」

　くつくつと笑うフローシア。たしかにそれは都合がいい。

「メリア。相手をして――」

「し、しませんよ!!　わ、私はまだそんなこと誰ともするつもりは……」

　メリアは必要以上に動揺している。それを見てフローシアがケラケラと口を開けて笑った。

【◆与作】

メリアちゃん処女確定キタ!!

【転生しても名無し】

フローシアさん、マジ策士

【転生しても名無し】

ホムホムが悪い。けどホムホムナイス

【◆野豚】

俺たちが見ている分には面白いけど、あとで誤解は解いておこうね

予想はしていたけどやっぱり性知識や暗喩までは教育されていないよなあ

【◆江口男爵】

仕方ないな。このままホムホムが何も知らないまま人間社会に溶け込もうとすると面倒ごとが起きそうだし、いっちょ始めますか

【転生しても名無し】

何を始めるんです？

【◆江口男爵】

性教育さ！

妖精達がにわかに盛り上がり始めたのを肌で感じた。

3章

港町アマルチア、海賊との邂逅

フローシアの家を後にした僕達は北方にある森の出口を目指して歩き続けていた。

途中、山猫型のモンスターや虫型のモンスターに遭遇し、戦闘することがあった。フローシアから借りた剣は思っていた以上に良い切れ味だった。モンスターの固い頭蓋を竹を割るように鮮やかに断ち切り、刃こぼれ一つしない。貰った衣服も魔術繊維で織られているのだろう。虫型のモンスターが放った毒針がメリアの服の袖に当たったが、体に届くことなく弾かれた。

優良な装備を得たおかげで僕達は負傷することもなく森を抜けることができた。

その間も日中はメリアと会話を頻繁に行っていた。もっとも、会話というよりもメリアがほとんど喋っていて僕は相槌を打つばかりだ。だが、その中で人間社会の仕組みやそこで行われている営みを知り、人の感情のサンプルをインプットした。メリアは非常に感情が豊富で表情もコロコロ変わる。サンタモニアで僕が接した人間達とは比べ物にならない。彼女は僕が人間を学習するにおいてうってつけの存在だ。

そして、メリアが寝静まった夜間は妖精達に性教育なるものを叩き込まれた。その情報量の多さと多岐にわたる解釈に生殖行為が人間にとってどれだけ重要なものか思い知らされる。種の存続以上の役割を持って人間の社会と精神の形成に大きな影響を与えるものだと僕はインプットした。

森を抜けてさらに半日歩き、日が傾きかけた頃合いに港町アマルチアに到着した。

街に入った僕達がまず行ったのは現金を手に入れることだ。フローシアにもらった宝石を港の換金所で換金することで金貨三枚と銀貨五〇枚を手に入れた。

金貨は一枚で銀貨一〇〇枚の価値があり、銀貨は一枚で石貨一〇〇枚の価値がある。銀貨一枚あれば一人分の宿と一日分の食事が賄える。その額の大きさにメリアは動揺さえしていた。

「フローシアさんには頭が上がりませんね。ソーエン国に行く船を捜すのは明日にして、今日は宿に泊まりましょう」

「わかった」

僕達は宿を探して街を散策する。海が見える開けた通りに差し掛かった時、海に沈む夕日を見た。オレンジ色の夕日は海や街を同じ色に染め上げた。炎によく似た色なのに僕の警戒心が発動しない。メリアの髪も陽光に溶けてしまいそうなほど煌めいていた。海風にたなびく髪を手で押さえながら沖に視線をやっていたが、ふと僕の方を振り向く。

「綺麗な夕日ですね。夕日が綺麗な日の次の日は良く晴れるそうですよ。絶好の航海日和ですね」

そう言って、満足げに笑った。


日没の直前に宿にたどり着き、宿泊の手続きをしていると武具を身にまとった背の高い男に声をかけられた。

「女二人組の旅人とは珍しいな。どうだい？　行き先次第では俺が用心棒として雇われてやるよ。一日銀五枚と俺の分の旅費を持ってくれるということで手を打とう。破格だぜ」

「用心棒……傭兵のことか？」

「へ？　まあ、そうだな。これでもこの辺じゃ名の通った冒険者だ。俺が一緒にいる限りお前さん達に危険は及ばねえよ」

なるほど。これが冒険者か。背は高いが鍛え上げた身体とは言い難い。身につけている武装もろくに手入れがされていない。見たところ戦闘能力は並の兵士以下だろう。

「必要ない」

「おっと、ツレないねえ。親切心で声を掛けてやっているんだぜ。アンタらみたいに見てくれのいい女が護衛もなしに歩き回るなんて無茶もいいところだ。悪いヤツらに押し倒されてからじゃ遅いんだぜ」

男はニヤニヤと舐め回すような目つきで僕とメリアを見てくる。森で出くわした魔物達が僕達を餌と見做して向けてくる視線によく似ていた。まがりなりとも戦いを生業にする人間特有のものだろうか。

「ギルドを通さずに直接契約を結ぶのは、規則違反ですよね」

メリアがそう言い放つと男は少したじろいだ。さらに畳みかけるように言葉を続ける。

「直接交渉するとしても、金額の設定等の契約内容はギルドの契約担当者を通してでしか決められないはずです。失礼ですが、ギルドの登録証明書を見せていただけませんか?」

「ん……あー、証明書ね。今、別の宿に預けているんだわ」

「そうですか。では、お引き取りください。あと、私達は用心棒を必要としていません。クルスさんはすごく強いですので。失礼します」

そう言ってメリアは僕の手を引いて階段を上がり、部屋に入っていった。

ガチャリ、とドアに鍵をかけたメリアは大きなため息をついて、

「クルスさん、しっかりしてくださいよ。ああいう輩(やから)は話を聞いちゃうとしつこいんですから」

と目を細めて言った。

「ああいう輩とはなんだ？」

「冒険者風の格好をして、お金をむしり取ろうとするチンピラの類です」

「彼は冒険者じゃないのか」

「冒険者の顔とも言える登録証を宿に預けておく冒険者なんてまずいません。登録証は等級、つまり冒険者の実績を示す物でもあります。『腕がいい』とか『強い魔物を倒した』とか口先だけならなんとでも言えますが登録証は誤魔化せません。逆に言えば、それを見せられないと言うことは冒険者であったとしても格好がつかない位等級が低いということです」

「なるほど。だとしたら詐称の罪で捕まえるべきじゃないのか？」

　メリアはそうですね、と答えながらも顔をしかめている。

「冒険者ギルドも、あの手のチンピラは冒険者の評判を下げるからと取締りをしているらしいですけど、そこまで本気じゃないというか……チンピラの中には海賊や犯罪集団に属しているのもいますからね。報復を恐れて見逃す場合もあるそうです」

「関わらないのが賢明ということか。インプットした」

　メリアはクスリと笑って頷いた。

「これから泊まる時はもう少しいい宿にしましょう。そうすれば、ああいう輩が出入りすることも少ないでしょうし。ここのベッド固いし、布団もカビ臭いし……」

　メリアはどうやらこの宿の質に不満があるようだ。僕は別にどうでもいいのだが、今後気を払うことにしよう。

その夜、僕はベッドに横になっていた。睡眠を必要とするわけではないが、明日までにしておく準備もないし、メリアが眠るので怪しまれないよう合わせて眠ったふりをしている。それから数時間が経つが、メリアが起きるまではまだしばらくかかるだろう。

隣の部屋の客のいびきの音が壁を通して聞こえてくる。一方、隣のベッドに寝ているメリアの寝息はスゥスゥと静かなものだ。雌雄の違いはあるにせよ、同じ生き物には思えない。

そんなことを考えていた、その時——

カチャリ。

と音を立てて僕らの部屋の鍵が開いた。何故だ、と一瞬疑問に思ったが即座に起き上がらなかったのは判断ミスだった。

バタン！　と大きな音を立てて木製のドアが開き壁に叩きつけられた。

部屋の外から巨人族(トロル)のように大きな男が侵入してきて、ドアに近い方のベッドで寝転がっていた僕に飛びかかってきた。

反応が遅れた僕の両腕の手首を掴み、その巨体で押しつぶすように僕をベッドに拘束した。

振りほどこうと力を入れるが、男の力は予想以上に強い。ここは魔術で相手にダメージを与えて怯(ひる)んだ隙に振りほどくのが上策。

魔術を発動する為、魔術回路を動かそうとした、が——

「暴れるんじゃねえ!!」

大男の怒声が耳に入った瞬間、僕の魔術回路は動きを止めた。

そうか。相手は人間だ。

ホムンクルスの思考回路の基本ポリシーである「人間を傷つけない」という原則が、僕の魔術回路を縛っている。戦闘レベルの出力が封じられ抵抗することすらできない。

「クルスさん！」

メリアが跳ね起きる。だが——

「いいから寝ておきなっ！」

続けて部屋に突入してきた男がメリアの首を摑んで押し倒す。

さらに、もう一人。

ランタンを持った男が部屋の扉を閉めた。直後、隣の部屋のいびきが聞こえなくなっていることに気づく。それだけではない。さっきまで往来に鳴り響いていた酔っぱらいの声や猫の鳴き声なども聞こえなくなった。音を遮断する魔術が発動しているのか？

「フヒヒヒっ！　だから女二人だけの旅なんて危なっかしいって忠告してやったんだ」

笑い混じりにメリアにそう言った声、そしてランタンの光に照らされた横顔を見て僕は気づいた。宿に入る時、僕らに詐欺を働こうとした冒険者風の男だ。

「へへへ……二人共とびきりの上玉じゃねえか。こいつは金に換えずにしばらく飼ってやるのも悪くねえ」

僕の上にのしかかっている男は舌なめずりをしながら僕の顔を覗き込む。口から垂れた唾液が僕の頬についた。

「キャアっ!!　やめなさいっ!!」

　メリアは手を振り回して抵抗するが、歯が立たず両腕を押さえつけられてしまう。

「ハハハハハ！　いいぞいいぞ！　お前さんみたいに高貴そうな顔の女は嫌がってくれる方がそそるんだ。殴られてぇ、犯されてぇ、心がポキッ！　と折れたその時に人形みたいな虚ろな目になるのが最高に快感なんだよぉ!!」

　男はメリアの頬を平手でパァンと音がするように殴った。

一発……二発……三発……


【転生しても名無し】

ホムホム！　しっかりしろっ！

お前がなんとかしないとメリアちゃんがひどい目にあうぞ!!

【転生しても名無し】

あああああ!!　クソっ！

俺がその場にいればそんな連中ぶっ殺してやるのに!!


　頭の中で妖精達が騒ぎ出す。妖精達の性教育の中で聞かされていた、これは強姦という行為だ。暴力によって同意なきまま性行為を強いる犯罪行為。被害者の尊厳、肉体を踏みにじり精神に取り返しのつかない傷を負わせる。魂の殺人とも形容される重罪で忌まれる行為。

　メリアがそんな行為を受けるのは、駄目だ。

【◆与作】

ホムホム！　人間を傷つけられないって縛りがあるだろうがなんとかしろ！

メリアちゃんはお前の大切な人だろ!!

優先順位ってもんをつけろよ!!


分かっている。だが、体に指示がうまく行き渡らない。

「さあて、そろそろ服の中がどうなっているか見させて頂こうかねえ」

男がメリアの衣服の胸元に手をかけ、引き裂こうとする、が、

「んぐぐぐ！　な、なんだこの服!?　メチャクチャかてえ!!」

当然だ。フローシアから貰った服はモンスターの攻撃すら弾く。普通の人間の力で簡単に破れる代物じゃない。

「なにやってんだよぉ。ちゃんと服は脱がしてやれよグフフ、おめえは紳士らしさが足りねえ」

「スイマセン。兄貴を見習います！　ブハハハ！」

男達は笑いながら、僕らを犯そうとしている。

それはまるで人を喰らう魔物のようで――


……魔物？　コイツラは魔物？

首をメリアの方に向ける。

メリアは抵抗しているが、上半身の衣服がたくし上げられ白いお腹が見えている。その瞳は充血し、涙がこぼれて……


「クルスさんっ!! 助けてえっ……!」


メリアの叫びが耳朶を打った。

瞬間、僕の体の中にある何かが暴れだした。それは炎のように熱を放ち、

プツン――

僕を縛っている糸のようなものが切れた感触があった。同時に全身に力がみなぎる。魔術回路が駆動しはじめる。

「《ライト・スティンガァァァァ》!!」

僕の放った魔力の槍が腹上の大男の右腕を吹き飛ばした。

血飛沫は天井まで跳ね上がり僕の体は返り血で真っ赤に染まる。

「あがあああああああ!!」

大男は無くなった腕の付け根を摑んでのたうち回った。僕はその様子を観察しながらゆっくりと立ち上がる。

「アニキぃぃぃ!!」

「フングググ!!　このクソアマがあああああ！！」

大男は残った方の腕で殴りかかってきた。僕はその腕を掠めながら拳を繰り出す。全体重を乗せた大男の突進を真正面から食い止めるように叩きつけた拳は、人の頭蓋を叩き割るのに十分な破壊力を持っていた。

大男は顔のありとあらゆる穴からドロリとした液体を垂らして絶命した。

ランタンを持っていた男は即座に逃げ出していた。メリアにのしかかっていた男は既にメリアから離れており、部屋の壁にへばりつくように退いている。

「わ、悪かった!!　俺はこんなことするつもりなかったんだ!!　でも、ベルナルドの兄貴がしたいっていうから仕方なく……！」

僕は一歩ずつ、距離を詰める。

「許してくれ！　詫び金は払う！　なんでもいう事聞く！　俺は、俺は……っ！」

僕は血に濡れた手を再び握りしめる。

「死にたくないっ……!!　たすけ――」

グシャッ、ドン――

僕の拳が壁に叩きつけられた。

先程まで命乞いをしていたソレは首から上がなくなっている。

標的を排除したため戦闘行為を終了。先ほどまで高まっていた体温が下がっていく。そして……

僕は自分自身がホムンクルスの絶対禁忌である殺人を行ったことにようやく気づいた。

僕は人間を殺した……命乞いをする人間を……僕は人間を守るために、人間の命令に従うために作られたホムンクルスだった。

だけど僕は人間を――

「クルスさんっ！」

メリアは僕の背中に抱きついてきた。自分の服が返り血に濡れるのも気にせず。

「ごめん……なさい……ごめんなさい……！」

メリアは泣いていた。僕の血に汚れた手を、まるで鳥の雛を包むかのように両手で包んで。

その謝罪の言葉の意味が最初は分からなかった。だけど、彼女の体温が僕に伝わってくる中で理解する。僕が自己矛盾に混乱していることをメリアは「人を殺して傷ついている」と解釈したのだ。

自分が危ない目にあってその動揺が治らない状態なのに。その涙は僕のために流されている。その肌を僕のために接触させている。

理屈は分からない。だが、確実に僕の思考回路は正常な状態に戻りつつある。現在蓄積されている情報から類推するにこれはメリアのくれた優しさによる効用だ。

僕はメリアの優しさに救われたんだ。

＊　＊　＊

翌朝、街の治安維持を請け負っている冒険者ギルドの冒険者が宿にやってきた。

僕らは事情聴取を受けることになったが、頭の中の妖精達が色々入れ知恵をしてくれたおかげで取り調べはスムーズに進み、昼前には僕達は解放され、港に向かって歩いていた。

【転生しても名無し】
すまんかったな、ホムホム
昨日の晩はシリアスすぎて口を挟めんかったわ
メリアちゃんに任せっきりにしてもうた
【転生しても名無し】
ごめんなさい
【転生しても名無し】
次から本気出す

いや、いい。むしろ、ギルドの取り調べの時に知恵を貸してくれたことが重要だ。メリアは昨日からほとんど何も言葉を発しない。その為、事情聴取をほとんど僕が受けることになったから。

解放され、二人で歩いていても、僕らの間には距離がある。今までにはなかった距離だ。

【転生しても名無し】
そりゃあ、危うく乱暴されるところだったんだからな。傷ついていて当然さ
【転生しても名無し】
でも、ホント無事でよかったよ。俺さあ、ホムホムもメリアちゃんも大好きだから。かわいそうな目にあってほしくないもん

無事だった……とは、言えないかもしれない。メリアが泣いているのを見て、僕はおかしくなった。人間なら狂うという表現が適切だろうが、僕はさしずめ故障したというのが適切だろう。

【転生しても名無し】
故障なんてネガティブなワード使うなし
【転生しても名無し】
ホムホムのおかげでメリアちゃんは助かったんだから

でも人間を殺した。ホムンクルスにとって最大のタブーである殺人を僕はいともたやすく行ってしまった。
僕は、一体……何なんだろう。

【転生しても名無し】

昨日お前が殺したのはモンスターや。そう思っとけ

……いや、人間だ。

【転生しても名無し】
マジレスすんなよ
俺もアイツラはモンスターだと思うぜ
むしろ生きるために人間を狩る連中よりも快楽のために人間を蹂躙できる連中のほうがよっぽどえげつないモンスターだよ
【転生しても名無し】
俺たちはモンスターがいない世界で生きているからさ
ちょっと受け取り方は違うかもしれんけど、やっぱアイツラはモンスターだったよ
ホムホムはモンスターを駆除しただけだ
【◆野豚】
ホムホムはホムホムだよ
大丈夫。君は大丈夫だ

妖精達の文字から僕を慰めようとしてくれているのが分かる。そうか、僕は心が傷ついているように見えるのか。

僕は横を歩くメリアの顔を見る。普段よりもうつむき気味で、まぶたが下がり気味で眉尻や口角もやや下がっている。その表情の変化が何故か僕の居心地を悪くさせる。

【◆与作】
メリアちゃんの手を繋いであげてよ

手を？

【◆与作】
メリアちゃんの右手の掌をホムホムの左手の掌がくっつくように手をにぎるんだよ。そうするとメリアちゃんきっと元気になるから

それはいいことなのだろうか？　彼女は昨日あの男達に体を触られて嫌な思いをしたのに。

【◆与作】
あのゴミカス野郎どもとホムホムは全然違うだろうが。怒るぞボケ！
誰でも良いわけじゃない。ホムホムの手だからメリアちゃんは元気になるの
言わせんな、恥ずかしい

与作の言うとおりだ。分かった、やってみる。僕はメリアを故郷に辿り着けるよう守る役目を買って出た。ならば、元気を取り戻すのも役目の内だろう。

【転生しても名無し】
与作……メリアちゃんガチ勢なのに……
【転生しても名無し】
これはイケメン
【転生しても名無し】
今度うちの妹とFAXしていいぞ
【◆与作】
ピーヒョロヒョロ……
【転生しても名無し】
草wwww

僕はメリアの左手を掴んだ。メリアは一瞬驚いたような顔をしたが、ゆっくりと時間をかけて、

「心配、かけて……ごめんなさい」

と言って微笑んだ。僕は「問題ない」と返事をして、そのまま歩き続けた。

港に着く頃にはメリアの様子はかなり回復していた。ソーエン国に向かう船に乗るため、精力的

に聞き込みに走る。しかし、

「ソーエン国に向かう船ってほとんど無いみたいですね」

波止場に停泊している船を眺めながらメリアは呟いた。僕が妖精達に言われて出店で買ってきた衣を付けて揚げた芋を手渡すと勢い良く齧りついた。

「やっぱり、ソーエンって半分鎖国状態ですから、行く船がないみたいですね。傭兵稼業でこちらに来る人はみんな国の船で行き来しているから民間の航路は関係ないし」

「フローシアの依頼を無視することになるが、イフェスティオに直接向かうことは出来ないのか？」

「それも聞いてみましたが、今は海路も魔王軍に分断されていてほとんど船が出てないみたいで……せっかく港町まで来たのに、これじゃ足止めですね」

【転生しても名無し】
メリアちゃんの実家パワーって使えないの？
国を越えて娘を嫁にやるくらいの家だから近隣諸国でも影響あると思うんだ
船の一隻や二隻、家の名前でチャーターしちゃいなよ

僕は妖精の提案をそのまま、メリアに伝える。

するとメリアはため息をつきながら頭を掻く。

「実のところ、私の輿入れっていうのは体のいい厄介払いなんですよね。

私って家長の側室の連れ子で家の人間とは血はつながっていないんです。その母も幼い頃に亡くなって……放逐こそされませんでしたけど家族扱いはされていないというか。特に正室の娘である姉からは面と向かって死んで欲しいと言われてますし、私がこんな状況になっているって分かったら、喜んでトドメを刺しにくるかもしれません」

【転生しても名無し】
メリアちゃんの家庭環境重い……
【転生しても名無し】
よしホムホム。その家の連中皆殺しにしようぜ
【転生しても名無し】
でもさあ、実家がそんななのにどうしてもイフェスティオ帝国に帰りたいの?

僕は再びメリアに妖精の疑問を伝える。

「……幼馴染で私に良くしてくれた人がいるんです。その人もまた、家の中では浮いた存在で、だから仲良くなったわけですけど。今、その人は責任ある立場が与えられていますが、周りのやっかみとかがすごくて苦労してるって聞いてて、力になってあげたいって思ってたんです。もっとも、今回の私の婚姻話を進められてしまって、そばにいることすら叶わなかったんですけどね」

メリアの瞳は海の向こうを見つめている。視線の先には彼女の母国があるのだろう。

「ある意味、今回の件で家のことは有耶無耶にできそうですし、当初の予定どおりその幼馴染のもとに駆けつけようと思うんです。今度こそ後悔しないために」

メリアは立ち上がり、海を背にして僕に宣言した。

僕は思う。力を持たず、頼れる人もいないのに自分がやるべきことを見つけて前に進もうとする。

そんなメリアは僕なんかよりずっと強い、と。

「なんて、私にできることなんて何も無いでしょうけど」

メリアは、へへっと目を細めて笑ったが、突如血相を変えて――


「ああーーーーーっ！」


大きな声を上げて指を差した。

二〇メートルほど離れたところに昨日、僕らの部屋に侵入してきた連中の生き残りの男がいた。

向こうもコッチに気づいたようで走り去ろうとするが、

「させません！」

メリアは地面の小石を拾って投げつける。

小石はかなりの速度で飛んでいき、男の後頭部に直撃し、撃ち倒した。なかなかの技量だ。

その後、僕達は倒れ込んだ男を路地裏に引きずり込んだ。

＊　＊　＊

「す、すまなかった……俺はやる気なかったんだよ。でも、俺の魔術はああいうことするのに向いてるからって、よく付き合わされていて……」

「だったら、今まで一度もおこぼれに与(あずか)らなかったワケでもないでしょう」

「そ、それは……」

メリアの尋問に男は言葉を詰まらせる。

「言い出しっぺは当然ですが、流されて悪事を働いてしまうような輩も私は大嫌いです。死ねばいいと思うくらい」

【転生しても名無し】
メリアちゃん激おこ！
【転生しても名無し】
こうやって仕返しできるくらい元気なら一安心だねえ
【転生しても名無し】
ワイもメリアたんに詰められたいンゴｗ
ホムホム視点で一度見てみたいので、メリアちゃん怒らせてｗ

拒否する。しかし、どうしようか。昨日の晩はメリアに危機が迫っていたおかげで「人を殺してはいけない」というポリシーが一時的に外れたのだろうけど、今はセーフティがしっかりかかっているだろうからこの男を殺すことは出来ない。

そんな僕の状況をよそに、メリアが男にある提案をしていた。

「冒険者ギルドに突き出したいところですけど、ちょっと私達の頼みを聞いてくれたら見逃してあげなくもありません」

「な、何をすればいいんだ？」

「ソーエン国に連れて行ってくれる船を手配してもらえませんか」

メリアのその言葉に、怯えきっていた男の表情が厳しくなる。

「ソーエン……お前ら何者だ？」

「ブレイド・サザンという人に届け物がある。

だからソーエン国に行きたい」

僕がそう言うと、男の顔から見る見る血の色が引いた。

「ぶ、ぶ、ブレイド……わ、分かった。頭に頼んでみ……いや、絶対に船を出してもらう！　だから、お願いだ！　昨日のことは、どうか……水に流しておくんなさいませ!!」

男は地面に頭を擦り付けて懇願してきた。予想外にへりくだった反応に僕とメリアは呆気にとられた。


男の案内で僕達は港の近くの寂れた酒屋にやってきた。複数のテーブルが乱雑に並んだ店内で一〇人程度の客が酒をあおっている。

どの男も人相が悪く、入ってきた僕達に獣のような眼光を突きつける。

「お、御頭！　客人を連れてまいりやした!!」

するとバーカウンターの中央で酒瓶から直に酒を飲んでいた中年の男が振り返った。

「ダック。珍しいなあ、女連れとは。しかも……上玉じゃねえか。どこのお貴族様か、それとも劇団の女優様か」

髭を蓄えたその男は周りの男達よりかはいくらか品があった。だが、その佇まいから僕の警戒レベルは戦闘モードに切り替わりかけている。僕と同等、いやそれ以上の力の持ち主だ。

「この方々は……昨日、俺達が、そのご迷惑をおかけした方々でして……」

「ああ、ベルナルドを返り討ちにしてくれた奴らか」

御頭と呼ばれているその男の一言で、周りの客達が殺気立つ。メリアはスッと僕の陰に隠れる。

「やめとけ、テメエ等。お嬢さん方はやる気がないらしい」

一言で波が引くように客達の殺気は収まる。どうやら彼は完全にこの場にいる者達を統率しているようだ。

「すまなかったな。ベルナルドはあんなのでもウチのナンバー2だったからよ。まあ、下品で粗暴で欲望に忠実過ぎる人間のクズみたいなやつだったから、オレは死んでくれてせいせいしてる。本音だぜ。で、何かい？　ウチに賠償金でもふっかけるかい？　悪いが、お嬢さん方に見合う金なんて船内ひっくり返しても出てこねえからよ——」

男の手が光ってティンと音が鳴ったとほぼ同時に、バチン！　という音が僕の隣で上がった。僕らを連れてきた男が大の字に倒れる。額には大きな瘤ができており、床にコインが転がった。どうやらコインを弾き飛ばして、頭にぶつけたようだ。

「こいつで水に流してくれや」

メリアは震えながら何度も頷いている。さっきまでの強気はどこか遠くへ行ってしまったようだ。

「分かった。水に流そう。別件で相談したいことがあるんだ」

僕は男の目を見据える。

「ブレイド・サザンに会いたいから、ソーエン国に行く手筈を整えてほしい」

その言葉に客がどよめく。

「騒ぐんじゃねえ」

男の言葉によって再び店内は静かになるが、先ほどまで弛緩していた空気が張り詰めている。

「ブレイド・サザン……その名前をどこで知った」

「世話になった人に頼まれた。その人はブレイド・サザンの古い知り合いらしく、彼に渡してほしい物があるらしい」

男は酒をカウンターに置き、立ち上がった。

「なるほどな。いや、見た目があまりにも風変わりだからどう扱っていいのかわからなかったが、まさかブレイド・サザンに繋がりがあろうとは……へっ。ベルナルドのバカもそれを知っていたら生ゴミにならずに済んだだろうよ」

男は僕の目の前まで歩いてきて、じっと顔を覗き込んでくる。

「お嬢さん、名前は？」

「クルスだ。こっちはメリア」

「二人で旅をする可愛いお姫様に可愛い姫騎士様か。おとぎ話みてえだなあ。だが、悪くねえ」

男は僕らに背を向けて、大声で呼びかける。
「聞け!! 今よりこの二人はこのバルザック・ブルワーズの客人として扱う!! この二人に危害を加えたり、不快な思いをさせるような奴はベルナルドの後を追わせてやる!! あの世であの汚え豚みてえな尻をなめまわし続けるハメになるぞ!! 分かったな!!」

「アイアイサー!!」

酒場にいた全ての人間が立ち上がり、バルザックに敬礼をした。
バルザックは再び僕の方を振り返る。
「ソーエン国にはこのバルザックが無事お送りしよう。海の大神と酒の女神に誓う。その代わり、ブレイド・サザンに会うときにはこの俺も同席させてほしい」

どうしたものか……

【転生しても名無し】
いいんじゃないの？
その人強いみたいだし仲良くしておいたほうがよさそう
【転生しても名無し】
荒くれ者どもを束ねるバルザック△

【転生しても名無し】

リスクのことを考えれば下手に約束はすべきでないと思うけど……

でも、ホムホムがメリアちゃんを絶対に守るって断言できるなら、受けていいと思う

それは、断言できる。


「分かった。約束する。妖精達に誓おう」

「今まで聞いた中で一番メルヘンチックな誓いだぜ」

バルザックはニヤリと笑って手を差し出してきたので僕はその手を掴んだ。

＊　＊　＊

僕は甲板に設置されたベンチにもたれて空を見上げている。雲一つない空には自分の体の何倍も大きな翼を広げた鳥が緩やかに旋回している。隣のベンチでメリアは書物を熱心に読み進めている。ソーエン国で出版されている物語本とのことだが、どうやらその本でソーエン語を覚えようとしているようだ。

「クルスさん、クルスさん。これはどう読むんですか？」

メリアは本に書かれた文章を指しながら僕に尋ねてくる。僕はその箇所に目をやる。

【◆湘南の爆弾天使】

『何シャバ僧がメンチ切っとんねん！

チョーシこいとったらヤキ入れンぞ!!』

「どうして常識人にもかかわらず攻撃的な視線を投げかけるんですか？　大きな態度をとりつづけるならば制裁を行いますよ」

「なるほど、じゃあここは？」

【◆湘南の爆弾天使】

『うおっ！　激マブなスケだなあ。

俺っちとフィーバーしようぜ』

「嗚呼（ああ）！　見目麗しい淑女よ。私と心燃やすような時間を過ごしましょう」

「フフ……情熱的な誘い文句ですね」

　メリアは仄（ほの）かに顔を赤らめた。

【転生しても名無し】

ホムホムの意訳がひどい件
【転生しても名無し】

てかなんつーもんで語学学習しようとしてんだ

僕は簡単な会話レベルの訛り(なま)のないソーエン語であれば理解できるし話すこともできる。一方、物語や学術書のように、独特の慣用表現や専門用語が混じるレベルになると読解は困難だ。ところが、僕の頭の中の妖精はソーエン語もサンタモニア語もどれも同じように読めるらしい。そして、彼らの書いた言葉なら僕には理解できる。だから、僕が見た文字を頭の中の妖精に翻訳してもらいメリアに伝える。もっとも彼らから言わせると、僕は彼らの言葉を捏造(ねつぞう)しているとのことだったが。ともかく、メリアの学習は順調に進んでいる。バルザックが持つ船に乗せてもらった僕とメリアは一日の大半をこうやって過ごしていた。

バルザックはアマルチアを根城にする海賊集団の首領だった。もっとも海賊と言っても略奪や暴力を生業にしているわけではなく、国や商工ギルドの隙間を縫った密輸入や、酒場や売春宿に対するみかじめ料稼ぎが主な資金源であるらしい。

彼の言うことがどこまで信用できるかは不明だが、他に頼るもののない僕達は協力を仰ぐことにした。

ふわーあ、とメリアはあくびをする。

バルザックの手下達も最低限の仕事はしていたが、それ以外の時間は釣りをしたり、カードで遊んだりして時間を潰している。

アマルチアからソーエン国のダイリスとの間の海は、極めて穏やかな海で天候が荒れることは殆どないという。

この船は正式に航海登録をしている船ではないため、やや迂回した航路を取っており、到着まで約二週間を要するとバルザックから聞かされている。

今日で、船に乗ってから二週間。そろそろ、目的地にたどり着く頃だ。

「お嬢さん方、一杯どうだい？」

僕の体を大きな影が覆う。バルザックは僕の傍に立ち、片手に酒瓶、もう片手にグラスを持っている。

「必要ない」

「私もお酒は飲めないので」

「つれないねえ」

ニヤニヤと笑うバルザックは酒瓶に口をつけてゴキュゴキュと喉を鳴らしながら酒を呑み込む。

この二週間、何度も繰り返したやり取りだ。バルザックは毎日このように僕らに干渉しようとしてくる。

最初のうちは怖がっていたメリアも今ではある程度バルザックに心を許しているような気がする。

「さて、今日は何の話をしてやろうか？　俺がアマルチアの酒瓶売からのし上がった話をしてやろうか？」

「それは九日前と三日前に聞いた」

「じゃあ、お忍びでアマルチアに遊びに来ていた男爵令嬢との恋物語を——」

「それは四日前に聞いた」

「その話、途中まではロマンチックな話だったのに途中から卑猥な話になるからもう聞きたくありません」

【転生しても名無し】
エロい展開に顔を赤らめてたメリアちゃんぐう萌えた
【転生しても名無し】
バルザックって下品なオッサンなのに、そこはかとなくリア充の匂いがする
【◆オジギソウ】
いや、悪くないよ。きっと若い頃はもっとギラギラしてカッコ良かったんだろうけど、今は今で渋くていい感じ
【転生しても名無し】
カッコいいおっさんには若い頃からカッコよくないと辿り着けないって言うしな
後学のためにバルザックの色恋話もっと聞きたいぞ

頭の中の妖精達はバルザックに懐いてしまっている。波長が合うのだろうか。

「じゃあ、今日は海で一番綺麗な夜の話をしよう」

バルザックはそう言うと、僕の隣に座った。

「あっちの空を見てみろ。薄っすら月が出ているのが分かるか？」

バルザックの指差す方向には確かに空の青に霞んでいる白い月が見える。

「普通月は夜に昇って朝までに沈むか、昼間昇って夜までに沈むもんだが、何百年かに一度、昼に昇り始めた月が夜になっても沈まず、次の朝まで残る夜があるんだ。それだけでも奇妙な話なんだがな、何がすごいかって、この月は凄まじくでかいんだ。どれくらいでかいかって言うと、空を見上げると月しか見えなくなるってくらいだ。そんなでかい月だから光も強い。夜の海原が銀色に染め上げられるんだ。さらにその光に驚いた魚や夜光虫が水面に溢れかえって、それはもう美しい夜らしい」

バルザックは酒をあおりながら月を見つめている。自分が話した光景を思い浮かべているのだろうか、気持ちよさそうに目尻が下がっている。

「聞いたことあります。『死なず月』でしたっけ。イフェスティオ帝国ではむしろ不吉の象徴とされてました。人の罪を見たがる悪魔が月に乗って近づいてくるって……おとぎ話ですけどね」

メリアは腕で自分の体を抱きすくめるようにしてそう言った。

「イフェスティオの連中は悲観的だねえ。クルスはどうだい、見てみたいとは思わないかい？」

「興味ない」

僕の一言にバルザックは肩をすくめる。

「まったく。せっかく花も恥じらうお年頃の娘だってのに、そんなに色気がなくちゃ嫁の貰い手がないぞ」

「僕はもらってほしいなんて思ったことない」

「ヒュー、波が凍りつくくらいクールだな。たしかにお前をもらう男は苦労しそうだぜ」

そう言い残してバルザックは甲板の向こうに歩いていった。

するとメリアが僕の耳元で、

「あの人、クルスさんのこと女の子だって思ってるみたいですね」

「そうか」

「そうかって……いいんですか？」

「別にいい。大して問題ない」

僕がそう言うと、メリアは呆れたように、

「たしかにクルスさんを好きになる人は苦労しそうです」

と言って、再び本に目を落とした。

＊　＊　＊

その夜、メリアはいつものように船内に用意された個室で早々に眠りに入り、僕はその部屋の前で剣を抱いて座っていた。

すると、バルザックが僕の前に現れた。いつも片手に持っている酒瓶がない。

「相方はもう眠っちまったか」

「ああ」

「お前さんは眠らないでいいのかい?」

「必要ない」

バルザックは溜息をついた。

「で、そうやって守護獣(ガーゴイル)みたく侵入者が近寄らないように一晩中見張って過ごすわけだ。この船に乗ってから毎晩毎晩。なあ、俺達ってそんなに信用ないかい?」

「そうだ。背中にそんなもの隠して近づいてくるんだからな」

そう言うと、バルザックはニヤリと笑って背中に隠し持った湾曲刀(カトラス)を抜いて僕をめがけて振り下ろしてきた。

僕は横に避け、振り下ろされる湾曲刀(カトラス)を上から剣で叩く。

バルザックは前のめりに倒れそうになるが、さらに勢いをつけて前転し、僕の剣の間合いから離れる。そして振り向きざまにコインを弾き飛ばしてきたが剣で切り落とす。

真っ二つになったコインが床を跳ねた。

僕は距離を詰め、彼の胴体に向かって剣を薙ぐ。バルザックは湾曲刀(カトラス)で受け止め、僕らは密着状態になる。

バルザックの力は僕より強い。じわじわと体勢が崩されていく。

しかし、力の均衡が崩れる瞬間、僕は剣を手放し、バルザックの胸ぐらをつかんで背負い投げた。

バルザックは床に背中からドシン、と叩きつけられた。

「イテテテテ……ちょ！　分かった！　もう勘弁してくれ!!」

バルザックは呻きながら降参した。

「どうしてこんなことをした？」

僕が問い詰めると、バルザックは歯を見せて不敵に笑う。

「お前さんが踊れそうなダンスはこういうのかと思ってな」

ダンス？　たしかに殺気はなかったが。

「なかなかの腕前だ。女じゃなかったら荒事要員としてスカウトしてるな」

「僕の戦闘能力を見極めたかったのか？」

「ククク、だからオレは踊りたかっただけだって。こんな夜だからな」

バルザックは甲板に出るように促してきた。メリアのそばを離れるのはどうかと思ったが、手下達がひそんでいるような気配はないし、少しだけ付き合うことにした。

船室の扉を開け、甲板に出ると大きな月が眼前に広がっていた。海は銀色に照らされていた。波の上を跳ね回る魚の群れが見える。

「これは……『死なず月』？」

「じゃねえな。ただの満月だよ。と言っても、これだけ見事な月は年に一度見れるかどうかだけどな」

バルザックはいつのまにか酒瓶を片手に持っている。

「飲もうぜ」

と言ってグラスを差し出してきた。

【転生しても名無し】
いいじゃん。もらっとけよ
酒で酔っ払うことなんて無いだろ?

当然だ。ホムンクルスに大抵の毒は効かない。

僕が無言で頷くと、バルザックは相好を崩しながら僕のグラスになみなみと酒を注いだ。そして、自分のグラスに酒を注ごうとしたが、僕はその酒瓶を取り上げた。

「こういう時、相手に酒を注ぐのが礼儀だと聞いた」

頭の中の妖精から。

僕はバルザックの持つグラスに酒を注いだ。

すると、バルザックはククククとうつむいて笑った。

「いい夜だ。酒はやっぱり良い女に注いでもらうに限る」

そう言って、一口でグラスの酒を飲み干した。

僕も一口、飲んでみる。口の中に含むと、枯れた草のような香りがし、喉を通り抜けると首の後ろのほうが熱くなった。

目の前に広がるのは今まで見たことのない景色。

夜空の包み込むような黒、銀色の月の切り裂くような光、世界の果てから聞こえてくるような絶え間ない波音。

普段気にも留めない現象で構成された世界は美しかった。僕の世界に対する認識を改めるほどに。潮風が頬に触れる。軽い肌寒さを酒精の熱で打ち消す。なるほど、これが酒を楽しむということか。

「インプットした」

「あん？」

「なんでもない」

僕はさらに一口、グラスに口をつける。

「オレにとって酒は人生最大の友で、そして世界で一番愛おしいものだ。コイツのためにオレは生きていると言っても過言ではない」

「酒を飲むことがあなたの生きることか」

僕の問いかけにバルザックは笑って頷く。

「そして、二番目に愛おしいものは美しいものだ。今宵の月のようにな。美しいものを愛でながら飲む酒は安酒だろうと極上の美酒になる」

そう言うとバルザックはグラスを置いた。そして僕の顎をつまむようにして軽く持ち上げる。


【転生しても名無し】

おや、なんだこの雰囲気は……

【転生しても名無し】

ちょ！　バルザック船長!!

ウチのホムホムになにするつもり!?

バルザックはしっかりと僕の目を見つめ、

「だが、今宵の月ですらお前の引き立て役にしかならねえ」

と囁く。酒のせいだろうか、微かに息が荒い。


【転生しても名無し】

うわあああああああああ!!

この色男!!

マジで口説いてきやがった!!

【転生しても名無し】

死ね!　マジで死ね!

俺らのホムホムだぞ!!

【転生しても名無し】

つーか、君は月より美しいって……

リアルで初めて聞いた

頭の中の妖精達は阿鼻叫喚の悲鳴を上げている。だが目の前のバルザックは涼やかな顔で僕に囁きかける。

「お前さんを初めて見た時、雷に打たれた気分だったぜ。野蛮な男達に取り囲まれているっていうのに、ビビリもせず、媚びもしない。その絹のような黒髪に水晶のような瞳、凜とした佇まい。どれもこれも美しすぎて、白昼夢を見てるかと思った」

よくわからないが、これは褒められているのだろうか？

【転生しても名無し】
メチャクチャ褒められとるわ!!

女としてだけどな

【転生しても名無し】
オレの中でホムホムは男の娘
だってこんな可愛い子が女の子なわけないいじゃない

【転生しても名無し】
逃げろ！　ホムホム！
どうなっても知らんぞ!!

【◆オジギソウ】
あ、私的には受け入れてもらってもオッケー
このオッサンの夜の生活は興味ある

「あなたは僕を褒めてくれるんだな」

「褒める？　いや、思ったことを言ってるだけさ。で、ここからが本題だが――」

バルザックは僕の肩に手を回して、

「オレの女にならねえか？」

と、言った。

【転生しても名無し】
いやあああああ――――

いい加減うるさい。

僕は頭の中の妖精を無視することにした。どうやら今の彼らは冷静じゃない。ここは僕だけで考えよう。


……バルザックの女？　そういえば、フローシアが言ってたな。

「自分のものにしたい」という気持ちについて。バルザックは僕を女として所有したいということか。バルザックは僕を美しいと言っていた。そして美しいものが好きだとも言っていた。なるほど、美しいものを手元において所有欲を満足させたいのか。

「美味いものを食わせてやる。きれいな服や宝石もかき集めてやる。こうやっていろんな美しいものを見せてやる。楽しそうだろ？　オレは惚れた女に尽くすタイプだ」

バルザックの顔がどんどん僕の顔に近づいてきたが、

「あなたの気持ちはわかった」

　僕は肩に回された手を振りほどく。

「だが、僕は誰かのものにはならない。僕にはやらなきゃいけないことがある。メリアをイフェスティオ帝国につれていかなきゃならない」

　そう言うと、バルザックは肩をすくめて、

「オレよりあのお嬢さんを選ぶのかい？」

「選ぶ……そうだな。僕は短い時間だけどメリアを選び続けてきた。自分の身の危険やタブーを犯すことと天秤にかけて。でも選んでいるつもりはなかった。ただ、心に体が突き動かされて、その結果だけが残っている。ならば……僕はメリアの女なのだろうか？」

　思考が混乱してきた。一瞬、掴みかけた何かが遠くに流れていってしまったような感覚だ。

「ハイハイ！　分かりましたよ。男は引き際が肝心ってね」

　バルザックは僕から離れ、船の端の手すりにもたれかかった。

　月の光を背に受けたバルザックの表情はわからなかった。僕はグラスに残っている酒を飲み干した。先程までと味が変わった気がする。酒という飲み物は自分の状態に応じて味が変わるのだろうか。不思議なものだ。

　僕は酒瓶を掴み、バルザックに近づいた。

「ひとつ分かったことがある。酒を呑むというのは悪くないものだ」

　そう言って、バルザックにグラスを渡し、酒を注ぐ。

「へっ。なびかねえくせに離れもしねえ、タチの悪い女だ。酔い潰してやろうか」

　反撃するようにバルザックも僕のグラスに酒を注ぐ。

「酔いつぶれることはないと思う」

「言ったな、覚悟しやがれ」

僕とバルザックは月明かりの下で一晩中飲み明かした。

なお、その翌日、バルザックが二日酔いで死にかけていたことについては、省略する。

4章
ブレイドという男

アマルチアを出港して一六日目の明け方、船はソーエン国の首都ダーリスから一〇キロ程離れた海岸に接近した。

バルザックは手下達に沖合で船を待機させるように指示を出し、小型のボートで僕とメリア、そして荷物持ちの手下を二人引き連れて上陸した。


バルザックの船は正規の交易船ではない。つまり、今から行うことは不法入国。偽造した入国登録証であるバッジを付けてはいるが、『金鷹の目』と呼ばれるソーエンの治安維持機関に見つかれば、すぐに照会され逮捕されてしまう。

よって、ダーリスから離れた上陸地点から鬱蒼と木々の茂った山の獣道を通り、街に向かう。道は険しく、高低差がかなりある難所であったが、日が暮れる前にダーリスの町外れにたどり着いた。


ダーリスの町並みは石造りの建物が多いサンタモニアとは異なり、木造の平屋ばかりであった。

だが、みすぼらしいというわけではない。材料の木々は完璧に寸法を合わせて加工しているようで、継ぎ目に隙間はないし、窓のガラスも僕らがアマルチアで宿泊した宿などとは比べ物にならないほど濁りがなく、透明である。

街路の幅は大小あれど曲がらず、直線で整備され、道と道が垂直に交差することで街全体を区分けしている。非常に几帳面な作りだ。

「なんだか、想像していたのとは違いますね。戦闘民族というわりに建築技術や整備技術はサンタモニアよりも進んでいるんじゃないですか？」

「ソーエン国の連中は凝り性だからなあ。衣服や飾り物の技術なんかもすごいぞ。一〇〇年以上前に作られたソーエン国製の着物なんてのは一着で豪邸が買えるような値段で取引されているしな」

「そんな国が他国と交流を避けて孤立しているというのは勿体無い気がしますね」

「まあ……そこはこの国の国民性ってやつもあるだろう」

メリアがバルザックとそんな会話をしていると、通りの向こうから家族と見られる集団が歩いてきた。中年の母親と見られる女性と、一〇歳前後の男の子どもと女の子ども。

三人は荷物を詰めた布袋を抱え、談笑しながら歩いている。三人共赤い髪をしており、ソーエンのものと思われる民族衣装を纏っている。母親は薄手のガウンに似た、裾がくるぶしまである服を正面で重ね、腰布を締めている。

子どもの着ているものは膝丈までの長さだ。

アジア風の衣装だね。なんだか時代劇みたい
【転生しても名無し】
チョンマゲは流石に結ってないが……
あんなもんぶら下げて歩いてるのは昔の日本に似ているかも
【転生しても名無し】

家族が街の往来を歩いている。アマルチアでも見かけられるような平凡な光景だが、メリアは眉を顰めていた。

「……なんで、あんな子どもが武器を持って歩いているのですか？」

確かに。母親は背中に十字槍を背負っているし、男の子は剣、女の子も斧を腰に提げている。

「あまりジロジロ見るなよ。ガチで殺し合いになるぜ」

「いや……ここ街中ですよ。しかも、彼女は家族連れで……」

バルザックは腰を曲げ目線をメリアに合わせて、話しはじめる。

「昔、とある若い海賊がソーエンを訪れた時のことだ。街中で追いかけっこをしているガキ達がいてな。その一人がその海賊にぶつかっちまった。すると血気盛んなその海賊はそのガキを蹴飛ばして、首根っこを掴んで軽く脅してやったんだ。海賊は別にガキに本気で何かしようと思ったわけじゃねえ。からかい半分だったんだ。だが……次の瞬間、追いかけっこをしていたガキどもは自らの武器を手にとって海賊に襲い掛かってきた！　その動きはおおよそ人間の子どものものじゃねえ。小型の肉食猫のような俊敏さと、鍛錬の末に習得したであろう武術をそいつらは身につけていた。海賊達は恐怖のあまり逃げ出したが一緒にいた手下のうち、一人は片目を抉られ、一人は肩から下をバッサリもっていかれ、一人は恐怖で髪の毛が全部抜け落ちた。分かるか。アイツらは伊達で武器を持っているんじゃねえ。牙や爪を持った獣が習性で狩りをするように、アイツらが武器を提げているのは敵を殺す習性の表れなんだ」

【転生しても名無し】
どう考えても戦闘民族です。ありがとうございました
【転生しても名無し】

バルザックさん顔が青ざめてるよ
もしかして、とある若い海賊って……おっと、誰か来たようだ

僕らは彼らと目を合わさないように道の反対側に寄って通り過ぎようとしたが、

「あんたら異国の人かい？」

十字槍を担いだ母親が僕達を呼び止めた。

「お、おう！　も、文句あんのか、コラァ！」

と、返したのはメリア。覚えたてのソーエン語はかなりぎこちなく、女の顔が少し歪んだ。同時にバルザックをはじめ海賊達が息を呑んだ。

【転生しても名無し】
メリアちゃん……教材が悪かったんや
【転生しても名無し】
ソーエン語を使う時のメリアちゃんは言葉遣いが悪くなります
これマメな

「なんのためにこの国に来たのかは知らないけど、命が惜しければおとなしくしているんだね。この国はよそ者に対して厳しいからね」

親切な忠告のようにも聞こえるが、その実、脅しである。

証拠にその女性の右手はいつのまにか荷物から離れ、背中の十字槍を抜き放てる位置にあった。


【転生しても名無し】

こえーよ!!　このオバちゃん!!

【転生しても名無し】

平凡なオバちゃんでこれって、軍人や冒険者はどうなるんだ、この国

緊張感が高まり、メリアは口ごもる。そこで僕が代わりに答える。

「人に会いに来た。ブレイド・サザンという人に」

「バカッ!!」

バルザックは僕の口を慌てて押さえ込んだ。

女性の右手はすでに十字槍の柄を握っている。

「アンタら、あのブレイドの知り合いかい？」

僕はバルザックの手を振りほどく。

「知り合いの知り合いだ。紹介状ももらっている。渡したいものがあるから、彼を探しているんだ」

女性は僕達の顔を見渡した後、十字槍にかけた手を離した。

「この道を三〇分ほど歩けば繁華街に出る。そこの『サザンカ』という酒場に行けば会えるはずさ。虫の居所が悪くないことを願ってるよ」

そう言い残して女性は子ども達を連れて歩き去った。直後、僕はバルザックに拳骨を食らわされた。

「お前なああああああ!!　あんだけソーエンの人間は危険だと言ったろうが!!　しかもブレイド・サザンの名前まで出しやがって!!」

バルザックはつばを飛ばしながら僕に説教する。

「あなただって彼の居所を知らなかったんだろう。この国が危険地帯ならなおのこと早急に任務を完了すべきだ」

「そうだな!　お前さんの言うとおりだよ!　だが、二度とこんな真似をするな!!　俺が良いと言うまで余計なことは一切するな!!」

バルザックはつばを飛ばしながら僕を怒鳴りつけてくる。僕はメリアを見やるが、彼女も顔を引きつらせている。

「今のはクルスさんが悪いです」

「わかった」

僕はバルザックの指示に従うことにした。


女性の言うとおり、三〇分も歩くと繁華街にたどり着いた。すでにあたりは夕闇に包まれており、酒を扱う店からは大勢の人間の笑い声が響き渡る。

すれ違う人々は僕達をジロジロ見てきたが、僕らはうつむき加減でやり過ごす。そうやって探索していると『サザンカ』と書かれた看板を見つけた。その看板には矢印が描かれており、地下へと続く階段を指し示している。

バルザックは手下達を地上に待機させ、僕達三人だけで階段を降りた。

階段を降りきると、扉があったがその前には門番らしき上半身裸の男が立っていた。身長は僕とそう変わらないが引き締まった体軀をしている。

彼に限らず、この国の人々は全体的に小柄だが、姿勢が良く、引き締まった体の持ち主が多い。そして誰もが炎を思わせる赤い髪の色をしている。猫科の肉食獣を思わせるその容貌は戦闘民族の名にふさわしいと言える。

男にフローシアから預かった紹介状を渡すと、この場でしばらく待つように男は言って、扉の向こうに入っていった。


メリアは訝しげな目でバルザックに尋ねる。

「あのー、いい加減、ブレイド・サザンさんがどういう人なのか教えてくれませんか？　フローシアさんも知り合いとしか言わなかったし、バルザックさんも『会えば分かる』とか『楽しみにしておけ』ってごまかしていたし……まあ、王侯貴族の類でないのはもうわかりますけど……」

メリアの言うとおり、僕達はブレイド・サザンのことを知らない。

届け物を渡すだけであるなら対象の情報は必要ないと、僕も求めなかったが。

「そうだな。そろそろ教えてもいいだろう。このあたりの海には何十という海賊組織が存在する。俺達もその一つだ。海賊といっても、大昔のように略奪や殺しをやる連中は今はそういねえ。魔王軍とドンパチしてる中で人間同士で殺し合いするわけにもいかねえからな。せいぜい、盛り場でみかじめ料取ったり、女衒したり、後は国を通さない物資や人の輸出入……いわば密輸だな。大手を振ってやっちゃいけないが、民衆が必要としている裏の商売を俺達が担っているってわけだ。だが、タガが外れて民衆に害をなしてでも甘い汁を吸いたいってバカはどんな時代のどんな場所にもいる。そういう出過ぎた奴らに制裁を加えたり、一定の規律を守らせたりして、裏の商業圏をコントロールする奴が必要だ。この辺の海でその役目を担っているのが、ソーエン国のダイリスにいるサザンファミリー。構成員数は五〇〇を超える大一家で、ブレイド・サザンはそこのナンバー3だ。そして、紅月隊と呼ばれる私兵組織の頭領でもある。言い換えれば、この海でもっとも強く危険な男というわけだ」

その話を聞いて、メリアはすぐさま来た階段を戻ろうとするがバルザックに肩を掴まれた。

「聞いてません!!　聞いてませんよ!!」

「言ったらビビって来ねえだろうが」

「当たり前です!!　そんな、超危険人物の住処に訪れた挙句、協力を仰ぐなんて!!　絶対カタにはめられて毛がなくなるまでむしられるに決まっています!!　クルスさん!　今すぐ引き返しましょう!!」

「そうは行くかよ!　こっちだって慈善事業でお前ら連れてきたわけじゃねえんだ。俺らがサザンファミリーの頭目の一人に接触できるチャンスなんて何年待っても巡ってくるとは思えねえ。タダで船に乗って飯食ってた借りはキチンと返してもらうぜ」

「イヤアアアアアア!!」

【転生しても名無し】
タダより高いものはないって勉強になったね
【転生しても名無し】
フローシアたん、とんでもないコネ持ってたんだなあ
なんか、依頼料として助っ人で旅に同行してくれるとか言ってたけど

それは難しいだろう。フローシアと最後に会ってからしばらく年月が経っているらしいし、まさかそこまで出世しているとは思っていなかったはず。と、なるとやはり僕とメリアだけでイフェスティオに向かうしかない。


しばらくして、紹介状の確認が取れたらしく、僕らは扉の向こうに案内された。

店構えはおそらく酒場と思われるが、サンタモニアの酒場とは違い、椅子がなく、客は草で編まれた絨毯(じゅうたん)の敷かれた床に腰を下ろして酒を飲んでいる。客層もバルザックの根城と同様、粗暴な荒くれ者が多いが、どの客も背筋がピンと伸びており、酒を飲んでいるはずなのに僕らが通ると鋭い眼光を飛ばしてくる。

「ク、クルスさんなら大丈夫ですよね。もし、ここの人達が襲ってきてもへっちゃらですよね?」

メリアは怯えた様子で縋(すが)るように僕にそう聞いてきたが、

「難しい。ここにいる客の中で僕よりも弱いと思える人間はほとんどいない。サンタモニアの人間

とは種族が違うと言ってもいいくらいに個体の戦闘力が高い。町外れですれ違った武装していた家族は、ここの人間に比べれば一般人でしか無い」

メリアは、うなだれるようにして僕の腕にしがみついた。バルザックも普段の豪放な態度はなりを潜めている。

僕らは案内されるまま、店の奥に向かうと意匠を凝らした飾り扉にたどり着いた。案内係の男が扉をノックして開ける。僕らは彼に続いて入室する。

扉の向こうは草の絨毯が敷き詰められた広間だったが、そこにいたのはたった二人だけ。若い男と女が待ち構えるように奥に座っていた。

「ようこそ、帝国に向かう旅人よ。土産があると聞いているが」

男は通る声でそう言ってきた。赤く短い髪は刺(とげ)のように逆立ち、はだけた着物から見える体にはドラゴンをモチーフにしていると思われるタトゥーが彫られている。痩身で体も大きくはない。歳も二〇歳あたりだろう。

だが、僕は彼に睨まれた時、思考回路が危険を察知し、自動的に戦闘モードに移行した。この男はとんでもなく強い。あの森で遭遇した大蛇よりもはるかに。

【転生しても名無し】
アカン……これ完全にヤバイ人だ
こっちでいうところのヤがつく名前の職業の人だ
【◆バース】
ええ女はべらしおって。ヤのつく仕事している奴の嫁は美人と相場決まっとるんやが
【転生しても名無し】
美人さん登場だけど緊張と不安で喜ぶ気になれない
メリアちゃんの言うとおり、逃げればよかったね……

僕がフローシアから預かった魔導書を取り出すと、ブレイドの側に座っていた女がスッと近づいてきて魔導書を受取り、ブレイドに渡した。本を開き、パラパラと中身を見た彼は肩を震わせ、そして豪快に破顔した。

「ハーッハッハッハ!!　あのババア、やればできるじゃねえか。イケる！　コイツはソーエンの歴史を変える一冊になるぞ！　ククリ、早速コイツを量産しろ。可能な限りコストは抑えろよ。この本は多くの人間の手に行き渡ることに意味があるんだからな！」

「仰せのままに」

女は本を受取り、僕達の横を通り抜けて部屋から出ていった。

「メリアとクルスとやら。ご苦労だった。報酬については後で話すとして、その前にだ」

ブレイドはバルザックに目を向ける。バルザックはビクリと体を震わせて、姿勢を正す。

「隣に突っ立っているのはどこの馬の骨だ？　紹介状にそれの事は書かれていなかったぞ」

ブレイドは傍らに置いていた剣を掴み上げる。身の丈ほどの長さがある槍のような長剣である。

「ハッ！　アッシはサンタモニアのアマルチアで海賊稼業をやっておりやすバルザック・ブルワーズと申します。以後お見知りおきを……」

「海賊ねえ……で、お前はこいつらとどういう関係よ？」

「ははあ、善意の協力者ってやつでさあ。ご存じの通り、ソーエンとサンタモニアを行き来する船は元々殆ど無い上、最近じゃ魔王軍の侵攻もあって小舟ひとつ浮いちゃいない。そこでアッシが一肌脱がせてもらおうと」

「それを恩に着せてサザンファミリーとお近づきになろうと思ったわけか。いかにも田舎ヤクザの考えそうなことだな」

ブレイドはゆらりゆらりと酔っているかのように体の軸が揺れる歩き方で僕らに近づいてくる。

その動きに僕は危険を感じなかったのだが、バルザックは違った。冷や汗を垂らしながら弁解する。

「いや、確かに打算がなかったわけじゃありやせんが、食い物にしてやろうとかそんなことはこれっぽっちも！　アッシはただブレイド様と商売を――」

ゆらりと蠟燭(ろうそく)の火が風に揺れて消えるように、ブレイドの姿が消えた。

そして、気づいたときにはバルザックの間合いに入り込んでおり、剣の柄で鳩尾(みぞおち)を突いた。バルザックは苦悶の表情を浮かべ膝をつく。すかさずブレイドはバルザックの後頭部を踏みつけ、床に顔面を叩きつける。

「野心を持つのは結構だ。そうじゃないと海賊稼業なんてやってられん。打算的なのも結構だ。木っ端の連中であっても長というのはそうであるべきだ。だが、それが許されるのはオレの目の前以外での話だ。オッサン、貴様は二つ禁を犯した。一つは招待もされてないくせに断りもなくズケズケオレの部屋に入ってきたこと。もう一つはオレの客人をテメエの野心のダシに使おうとしたことだ。よって、貴様はオレが裁く」

ブレイドは鞘から剣を抜き放った。その剣はゆるやかに湾曲した特殊な形状をしており、刃が薄く片側にしか付いていない。だが、持ち主同様にその刀身は危険な光を放っている。

ブレイドは剣を逆手に持ち、振り上げて、

「死ね」

と、言いバルザックの延髄目掛けて振り下ろした。

ガキィィイン!!

金属と金属がぶつかりあう甲高い音が部屋に響き渡った。ブレイドの剣がバルザックの延髄に触れる刹那、僕が鞘走りさせて抜き放った剣がぶつかり、軌道がそれる。ブレイドの剣はバルザックの首元を掠めて床に突き刺さった。

弾き飛ばすつもりで振るった。だが、彼が軽々と振るってみせた剣のあまりの威力に受けてそらすだけで精一杯だった。

ブレイドはぎょろりと目を見開いて僕の顔を覗き込んだ。

「客人、どういうつもりだい？」

「バルザックを殺すのはおかしい。理にかなっていない」

「あん？」

「まずあなたは招待されていないくせに部屋に上がり込んだことを罪と断じた。これはそもそも、招待されている僕らの同行者というだけで、謁見の機会を与えたあなたの配下の不手際だ」

ブレイドは「ふむ」と顎をなでた。

「第二に僕達をバルザックは自身の利益のために利用したことを責めたが、これは事実誤認だ。僕達はバルザックに利用なんかされていない。むしろ僕達がバルザックを利用した。彼はあなたに引き合わせてもらいたいがために、僕達の船賃と食費を全部賄った。あなたの方こそ、彼を殺す理由を見繕うために僕達をダシにしている」

【転生しても名無し】
何このホムホム。切れ者感マシマシでカッコイイんですけど
【◆バース】
でもあかんねん！　その人は理屈で通用するタイプちゃうねん！
ヤーさんと話し合いで問題解決できるなら警察いらんねん！

ブレイドは鼻で笑った。

「オレに向かって眉一つ動かさずに異論を唱えるとは見上げた度胸だ。お返しに、俺も貴様にソーエンの風習を一つ教えてやろう」

ブレイドは剣から手を離した。

「ソーエンではな、『自分の武器と他人の武器がぶつかりあった瞬間』を殺し合いの合図としている」

そう言い終わると、ブレイドの脚が揺れたように見えた次の瞬間、僕は後方に吹き飛んでいた。

ブレイドが左足を軸にして右足を上げている。見えなかったが、蹴り飛ばされたようだ。

反射的に追撃に備えて剣を斜めに構える。だが、剣は飛んでこない。その代わり、鋭い拳が僕の側頭部を殴打する。

僕の体は風車のように回りながら吹き飛ばされ壁に叩きつけられた。

「剣を使えば一瞬で終わっちまうからな。コイツはハンデさ。せいぜい気張りな！」

そう言って、ブレイドは両腕をだらんと下げたまま、悠然と立っている。

僕は壁を蹴って、低い姿勢で床スレスレを飛ぶ。そして、ブレイドが剣の間合いに入った瞬間、足元から頭に向かって切り上げる。その一撃は難なく避けられた。手を休めず剣を横から斜め上から、下から、上から手当たり次第に斬りつける。だが、どの斬撃もブレイドには止まって見えているかのように紙一重でかわされる。技量も身体能力も圧倒的に向こうが上だ。

僕の人間に対する攻撃抑制は一切かかっていない。それは当然かもしれない。僕はブレイドを人間だと思えない。人間を超越した別の生き物だと認識している。

「超越者(イレギュラー)……」

ハルモニアでは戦力値三〇〇〇以上の個体をそう認定している。戦力値とは普通の兵士を一〇〇として戦闘能力を測る目安だ。僕達ホムンクルスは最新型のエルガイアモデルでだいたい二〇〇程度。つまり僕とブレイドには一〇倍以上の戦闘能力の開きがある。

ブレイドはうっすら笑みを浮かべながら、ついに僕の剣の刃を指で摑み取った。

「ヒュー、良い剣だ。こいつで切りつけられちゃただじゃ済まねえ。だがなぁ!!」

ブレイドの脚が消える。次の瞬間僕の右足首、右膝、右太もも、そして右の脇腹に衝撃が走る。

片足での四段連続蹴り。

彼の軸足は床に突き刺さるように動かない。体術が完璧といえるレベルに磨き上げられている。

さらに、フゥと息を吐いたブレイドは軸足を浮かせ宙を舞う。

三六〇度の回転軌道を描いて、鞭のようにしならせた右脚が僕の顔面を捉えた。

直撃する瞬間、衝撃の方向に合わせて自ら身体を吹っ飛ばしたおかげで、威力を殺すことに成功した。突風に吹かれた木の葉のように身体は吹き飛び、再度壁に叩きつけられる……だけで済んだ。

もし、判断が遅れていたならば僕の首は吹き飛んでいてもおかしくない。


【転生しても名無し】

ヤバイ！　サンドバッグ状態じゃねえか！　このままじゃホムホムが殺されちまう！

【転生しても名無し】

相手の攻撃に押されて、反撃できてないじゃん！

流れ変えないと……

【◆軍師助兵衛】
良い作戦がある。
《ライトスティンガー》の要領で腕に魔力を纏って維持しろ
相手は徒手空拳……
なら魔術攻撃に対して防御手段がないはず

無茶苦茶言ってくれる。《ライトスティンガー》の魔力消費は瞬間的なものだから運用できる。

しかし、常時魔力を纏うとなると三〇秒も保たずに魔力は枯渇してしまう。


【◆軍師助兵衛】

どのみちこのままじゃ三〇秒も保たない。やれ

軍師助兵衛……久しぶりに発した言葉が自滅覚悟の特攻を指示するものだとは……だが、正論だ。

ブレイドはまっすぐ突っ込んできて掌底で僕の顔面を狙う。おそらくこれは連続攻撃の布石。受け止めたところで、強力な追撃が用意されているだろう。選択肢は他にない。

「《ライトスティンガー》！」

魔力を纏った左手でブレイドの掌底を受け止める。するとブレイドは顔を歪め、弾かれたように後ろに飛び下がる。

「クク……成る程。そういや、サンタモニアは魔法王国だったな。ソーエン暮らしが長すぎて、こういう魔術を組み込んだ戦術ってのは久しぶりに味わったぜ。しかも、飛び道具じゃなく接近戦用の魔術だなんて意表を突かれるってもんよ」

僕の魔力を直で触ったブレイドは痛みを散らすように手首をブラブラとさせている。


【◆軍師助兵衛】

休むな!! 畳み掛けろ!

受け手に回ったら一気に押し負けるぞ!


同感だ。彼が対策を立てられないうちに一気に攻める!

僕はたまったダメージを無視して、全速力でブレイドに斬りかかる。ただ、太刀筋は完全に見切られている。攻撃パターンに変化をつけなくては。


「《ライトスティンガー》!」

僕は剣を持っていない方の腕に発生させた光で彼の腰下を薙ぎ払う。常時出力状態である《ライトスティンガー》は魔術の槍というよりも魔術の鞭だ。不可触の鞭の攻撃から逃れるために、ブレイドは後ろに下がって間合いを取る。予測通りの動きに対して、僕は剣を投げるかのようにして思い切り、前に突く。ブレイドは《ライトスティンガー》に触れることを警戒して腕を後ろに下げてしまっている。防げない、当たる――

と、思った次の瞬間、ブレイドは膝を抜くようにして上半身を大きく後ろに反らし、その一撃を避けた。

これでも当たらないのか!?


【◆まっつん】

あきらめんな！　かすりでもすれば逆転あるぞ！

【転生しても名無し】

いっけえええええ！　ホムホムっっ!!


そうだ、あきらめない。あきらめなかったから僕はあの街からの脱出も、大蛇との戦いも、宿屋での夜襲も切り抜けることが出来た。たとえ、相手がとんでもなく強くても――

ブレイドは上半身を起こし、ニヤリと笑った。

「お前の敗因、それは――」

ブレイドは僕の足の先を踏んだ。

ダメージは無い、と構わず攻撃を放とうとしたが、腕が上がらない。まるで体の力が地面に流れていくようだ。

【◆軍師助兵衛】

こいつ合気も使いこなせるのか!?

「俺と戦っちまったことだな」

ブレイドは握り拳に手をかぶせ、僕の頭を目掛けて槌のように振り下ろした。思考回路の稼働が数瞬止まる程の強烈な衝撃。気がついた時、僕は顔面から床に叩きつけられ倒れ込んでいた。

草の絨毯に幾らか衝撃は吸収されたが、戦闘継続は困難。それどころか、立ち上がることすらできそうにない。

「今ので死なないとか、お前頑丈だな。腕はまだまだだったが度胸と根性は悪くねえ。次、生まれ変わったらまた遊ぼうぜ」

ブレイドはそう言って脚を持ち上げる。僕の頭部を踏み潰すとか、そういうつもりだろう。

……僕は壊されるのか。

「………………」

ブレイドの脚は振り下ろされない。

その代わり僕の肩に小さな手のひらが乗せられたのを感じた。

「メリア……」

首を動かすと、涙目でブレイドを見上げているメリアの顔が見えた。メリアは震える唇で、

「いいかげんにしろや……チョーシこいてんちゃうぞ……コラァ……」

不慣れなソーエン語でブレイドに呼びかける。


【転生しても名無し】

メリアちゃーん！　言葉遣い！　口の利き方！

【転生しても名無し】

もう許して下さい。これ以上やったら死んでしまいます。

と、言いたいんだろうな……

おい、誰だ。メリアちゃんにソーエン語教えたヤツ

「もうケリはついたやろ。カンベンしてくれや……ワビ入れるならいくらでもやったるから……」

メリアは手と頭を床にこすりつける。

「このとおりや！　クルスさんを殺さんといてくれや！」

弱った小動物のように体を震わせて土下座するメリア。

ブレイドはメリアをキョトンとした顔で見ていた、その時だった。


キィン！

コインを弾く音がした。

ブレイドは自分の後頭部に手をかざし、握り込む。

手を開けるとサンタモニアのコインがこぼれ落ちた。

ブレイドの後ろにはバルザックがフラつきながらも立ち上がっている。

「女を殴り倒して、偉そうにしてるんじゃねえぞ。小僧……オレだってなあ、元々は港町で敵なしの喧嘩少年だったんだぜ。拳の勝負なら……大好物よ!!」

バルザックは拳を振り上げてブレイドに襲いかかるが、パコン、とあっさり顎を叩き上げられ大の字に倒されてしまう。

ブレイドは再び、メリアに目をやった。その目には戦っていた時の獣のような光は宿っていない。

「まさか、ボロボロ泣いている小娘に啖呵切られるとは予想もしていなかったぜ。だが、悪くねえ」

ブレイドは柏手を打った。

「お前らの根性と嬢ちゃんの啖呵に免じて、全部水に流してやる。いや、むしろお前ら気に入ったよ。久しぶりに気持ちいい喧嘩ができたしな」

ブレイドはそう言って、その場に座り込む。

「嬢ちゃん。頑張ったご褒美にお願い事を聞いてやる。言ってみろ」

メリアは頭を上げ、不安そうな目で僕を見つめる。僕はうなずいて彼女の発言を促す。メリアは涙を袖で拭って、懇願する。

「ウチらとツルんでイフェスティオまでぶっちぎろうぜ！　コラぁ！」

しばしの沈黙の後、ブレイドは豪快に笑った。

＊　＊　＊

【転生しても名無し】

これ、何が起こってるの？　三行で

【◆体育教授】

異世界のホムンクルスにこのスレ見えてる

ホムンクルスは少女と旅をしている

スレ住民はホムンクルスにあーだこーだ好きなこと言って反応を楽しんでる

【転生しても名無し】

いつも乙

体育教授は三行でレスするのになんのこだわりがあるの？

【◆体育教授】

実は元陸上部

三段跳びの選手をしていたので

リズムが染み付いている
【転生しても名無し】
なるほど、分からん

僕達はブレイド・サザンと和解することに成功した。

というより、彼が勝手に怒り、勝手に襲ってきて、勝手に満足したのだが。どちらにせよ、彼は僕達の旅に同行してくれるという話で落ち着いた。ただ、彼はそれなりの立場にいる人間であり、仕事を引き継いでからの出立になる。ブレイドの口添えにより、バルザックはダーリス・アマルチア間における禁制物資の密輸に一枚噛ませてもらえることになり、その打ち合わせに東奔西走しているらしい。


と、いうことで出立までの間、僕とメリアには自由行動の時間が与えられることになった。僕とメリアは今、ブレイドの屋敷に滞在している。

ブレイドの屋敷はダーリスの郊外にある大邸宅だ。その敷地内には、二〇以上の部屋があると推測できる三階建ての本宅の他に四つの離れがある。

僕とメリアに与えられたのはその離れの一つ。森の中にあったフローシアの家と同じような部屋の作りで、客用に用意している物らしい。

ブレイドと戦った後の僕は全身がひどく損傷しており、すぐ布団に横になり、機能停止していた。

翌朝、僕は布団から起き上がり、居間に向かうとメリアが床に直接座ったまま朝食を摂っていた。

「クルスさん、大丈夫ですか？　死んだように眠ってましたけど」

「問題ない。回復した」

メリアはソーエンの民族衣装に着替えていた。薄桃色の生地に花が、腰に巻いた白い布には葉の模様が描かれている。

「あっ、これはブレイドさんがくれたんですよ。外を歩き回るならこの国の衣装を着たほうが周りの心証がいいからって」

メリアは立ち上がり、その場でくるりと回って僕に服を見せつける。

【転生しても名無し】
浴衣（風）メリアちゃんキタ――――――――!!
【転生しても名無し】
ふう……食事中に立ち上がるとは、はしたない
【◆まっつん】
メリアちゃんを褒めろ！
キレイだって褒めろ！
頼む！　オレの代わりにほめてやってくれぇえええええ！

「キレイだ」

僕がそう言うと、

「そうですよね。独特の作りですけど、素敵ですよね。あ、クルスさんの分もありますよ」

メリアは衣服の清潔さを確かめるように袖をつまんでヒラヒラしている。どうやら気に入っているようだ。


【転生しても名無し】

三分の一も伝わっていない……

【転生しても名無し】

ホムホムの聞き方と伝え方が悪い

どうしろと言うんだ。


朝食を終えると僕も用意されていた服に着替えた。紺色の衣服で形はメリアのものと同じだ。着替えた姿をメリアに見せると、少し驚いたのちにフフッ、と笑いが溢れた。

「クルスさん、また女の子と思われているんですね。いえ、すごく似合っていらっしゃいますよ。ちょっと、こっちに来てください」

僕はそう言われて、鏡台の前に座る。メリアは僕の髪に手をかける。手には液体がついており、僕の髪になすりつけるようにして、髪全体をふわりとふくらませるように持ち上げる。最後に後頭部の髪の毛を束にして摑み、持ち上げて、紐で束ねた。

「こちらのほうが似合いますね」

　僕は鏡に映った自分を見る。

【転生しても名無し】
ポニテホムホムキタあああーーーーーー!!
【転生しても名無し】
うわあああああああああ!!
【転生しても名無し】
ふう……ホムホムの性別は曖昧、性別は曖昧
【転生しても名無し】
バルザックが見たら酒が止まらなくなるね
【転生しても名無し】
ワイ将、フローシアちゃん派からホムホム派にＦＡ希望

　フローシア……そういえばフローシアの魔導書について、ブレイドは満足していたようだが何が書かれていたのだろうか。その内確認しておこう。

　僕とメリアは家を出る前にブレイドに挨拶をするため、本宅を訪れる。ブレイドは書斎と思われる部屋で書類の山に向き合っていた。

「おう。二人共めかしこんで遊びに行く気満々だな」

ブレイドは流暢なサンタモニア語で話しかけてきた。昨日とは違い、キチンと折り目の付いた民族衣装に身を包んでいる。屋敷の主人として振る舞う彼の姿に超越者とはまた違う彼の一面を見た気になった。

「ウチの若い衆を案内役につけてやる。それと、コイツを持っていきな」

ブレイドはソーエンの貨幣が入った袋を僕に投げて渡す。

金色の貨幣の光はまばゆく、かなりの金額であると思われる。

「何から何までもろて悪いな、キョーダイ。

この借りはイフェスティオについたら返すからよ」

メリアはソーエン語で感謝の意を表したが、ブレイドは笑う。

「あの、私のソーエン語どこかおかしいでしょうか？」

メリアはサンタモニア語でブレイドに問うた。

「気にするな。お前はそのままでいい。あと、カネのことも気にするな。お前らの持ってきたアレとバルザックのオッサンとの商売で出る利益からすれば、はした金もいいところだからな」と、ブレイドは肩を震わせながら再び書類に目を落とした。

僕達は案内役の男を従え、街に繰り出した。

空は小さな雲がところどころ浮かぶだけで晴れ渡っている。

昼間の街は人通りも多く、また道端にも食品や雑貨を販売している店が出ており、活気にあふれている。

そして道行く人、特に男性は昨日以上に僕達を注視しているような気がする。異国の人間が自国の民族衣装を着ていることに違和感を覚えるのかもしれない。


「ソーエン国は野蛮な人ばかりだと聞いていましたけど、全然そうじゃないですね。売っているものはすごく丁寧に作られたものが多いですし、子ども達やお年寄りも皆笑顔ですし」

「伝達された情報よりも自分で確認した情報のほうが信頼性が高い」

「はい。反省しています」

メリアはそう言って頬を掻いた。

「出立前に武具を揃えたい。調達場所はあるか？」

僕は案内役の男に質問する。

男は言葉少なに鍛冶屋が作ったものをその場で売っている工房があることを教えてくれた。

「フローシアさんから借りた剣じゃダメなんですか？」

メリアは僕の腰に提げられた剣を見ながら聞いてきた。

「予備の剣は必要だし、槍みたいに射程が長い武器も持っておきたい。ここからイフェスティオに向かうためには魔王軍の勢力下を通り抜ける必要がある。戦闘が連続する想定をしている。武器はいくらあっても困らない」

「分かりました。じゃあ、早速向かいましょう」

僕らは鍛冶屋に向かって歩き出した。

街の中心部からやや離れた路地にその工房はあった。

短剣、長剣、ブレイドが使っているような大太刀、長槍に短槍、斧、金槌、投擲剣等……所狭しと武器が並んでいる。

ほとんどがソーエン独特の作りではあるが、サンタモニアの支給武器とは段違いに良い出来なのは見て分かる。

「ソーエンの剣は他国のモノとは扱いが違う。他国のモノは叩き斬ることを前提に作られておるが、ソーエンの剣は引いて斬るんじゃ。その為、刃は薄くしなりを持たせている。長年の修練なしに扱える代物じゃない」

工房の主人の言っていることは正しい。扱えない出来のいい武器を使うよりも使いこなせる武器を選ぶべきだろう。僕は剣以外の得物を物色する。

その間、メリアは投擲武器を見ていた。

【転生しても名無し】
港でメリアちゃんが小石を投げて、バルザックの手下に直撃させたけど、心得あるのかな
【◆バース】
せやせや！　フォームもキレイだったし抜群のコントロールやったで

メリアに投擲武器の使用経験があるのか聞いてみた。

「ああ……護身用ということで、小さい頃から手ほどきを受けていたといいますか。ナイフを投げたりは出来ないですけど、石を投げるくらいは」

メリアが説明すると、主人が話に割って入ってきた。

「いいものがある。裏に来い」

鍛冶師に言われ、僕とメリアは建物の裏口から外に出る。広い裏庭があり、おそらく武器の試し切りなどに使うと思われる柱に藁を巻きつけてモンスターを象った標的が何体も地面に刺さっている。

鍛冶師は掌に収まる大きさの紙包みをメリアに手渡し、中の石を投げてみろ、と二〇メートル先の標的を指す。

メリアはうなずいて、紙を剝がして小石を取り出す。右手に小石を握り、左手を右手に添えるようにして胸元くらいの高さに構える。ゆっくりと左足を浮かせ、小石を持った右手を背中の後ろに回し――――投擲。人差し指と中指にかけるようにして放った小石はかなりの速度で標的に直撃し――


ドッカーーン！


と、爆炎を上げ標的を粉砕した。

メリアは起こった現象に目を見開いている。

「武器の材料である鉱石を発掘するために使われている閃光石じゃ。これは衝撃を受けると爆発するように出来ておる。武器と言うには程度が低いし、売り物にはしていないがお嬢さんの護身用ならば役立つじゃろう。好きなだけ持っていくが良い」

「こ、こんなアブないもん持って歩けるワケねーだろ!! 誤爆したらどない落とし前つけてくれんねん!?」

メリアは涙目になりながら大声で受取を拒否する。伝わるようにソーエン語で話しているが、鍛冶師は意に介さない。

「大丈夫じゃて、この紙に巻いておけばどれだけ衝撃を与えても爆発せんと思うし、多分」

そう言って、閃光石をぎっしり詰め込んだ背負籠をメリアに押し付ける。

「自信ないんかい!! こんだけあったら船が沈むわ! ナメたこと抜かしとんちゃうぞ!!」

【転生しても名無し】
さっきのメリアちゃんの投球フォーム見た? 良かったよな!
【転生しても名無し】
良かったな……裾から見えた白い太ももが
【転生しても名無し】
腕振り上げた時に見えた細い二の腕も良かった……!
【転生しても名無し】
もっと暑い国に行こうぜ! メリアちゃんが薄着になるような!
【転生しても名無し】

水着回を所望する!!

メリアがうるさい。妖精達もうるさい。
僕はノイズを振り払うように工房に戻り、再び武器を吟味した。

僕達は買った武器を家に届けてもらうよう手配し、鍛冶屋を後にした。明日の朝には僕が選んだ短槍と長槍、そしてメリアが押し付けられた背負籠一杯の閃光石がブレイドの家に届く。

「ブレイドさん、私が爆発物を送りつけてきた、ってお怒りになられませんでしょうか……」
「武器を調達しただけだ。問題ない」
「そうですか……」

うーん……と、うなりながら歩くメリアは浮かない顔だ。

僕達は街の中心部に戻ってきた。今、歩いているのは衣服や雑貨を取り扱う商店が並ぶ通りだ。店は扉を取り外し、街路から店内の商品である衣服や雑貨が目に入るようにされている。
メリアはキョロキョロしながら眺めており、ある店の前で立ち止まった。その店は髪につけると思われる飾りを取り扱っているのだろう。
人の頭を模した首だけの人形の髪の部分に商品を取り付けている。

「見たいのか？」

「え……ああ、実は」

メリアははにかみながら答える。武器の調達が完了したいま、僕の用件は完了している。

「問題ない」と言って僕はメリアを連れて店に入った。

「わあ……」

細かい細工を施された色とりどりの髪留めにメリアは瞬時に目を奪われた。時に手に取ったり、頭に当てて鏡で自分の姿を見たりを繰り返している。

【転生しても名無し】
女の子がアクセサリー好きなのはどこの世界も一緒だな
あと、買い物が長いのも

惹かれる理由も吟味に時間をかける理由もよくわからない。あんなものでは頭部を守れないのに。

【転生しても名無し】
そういう目的で作られていないからな！
【転生しても名無し】
あれは女の子を可愛く見せるアイテムなんだよ
言わばステータス向上アイテムだ

【◆与作】
メリアちゃんって元々結構な商会の娘だったんだよな
冷遇されてるとはいっても、アクセサリーくらいは持っていただろうし
なんだかんだで昔を懐かしんでたりするんじゃないかな
【転生しても名無し】
そう聞くと、切ないね……
服もらったりお風呂入れたりした時も喜んでいたし
本来、冒険の旅とかする子じゃないのかもしれないね

　妖精達の解析に僕は同意する。メリアは臆病で、戦うことや厳しい旅に向いている性質ではない。

爆発する小石程度に怯え、市井の人々が楽しむ飾り物や服を楽しめる。

　僕とは違うのだ。戦闘用に作られた僕とは――

【◆野豚】
何言ってるの
ホムホムも十分楽しんでいるじゃない
食事にお風呂に綺麗な景色に、それにこないだはお酒まで楽しんでいたし
【転生しても名無し】
せやな

最初のうちはもっとロボット臭かったけど、人間らしくなってる気がするよ

人間らしく……僕が？

僕は自分の胸に手を当てた。フローシアが作った立体魔法陣のレプリカを元に人を象ったホムンクルス。僕は間違いなく人間じゃない。

だけど人間らしくなっている。

僕は……変性している？

【転生しても名無し】

成長っていうんだよ、それは

【転生しても名無し】

いいじゃねえか

人間に囲まれて生きていくにはそっちの方が都合いい

メリアちゃんだって兵器のホムホムより、人間臭いクルスさんのほうが好きだと思うぜ

好き……よくわからない。僕にとって、メリアは観察対象だったはずだ。生きるという目的を遂行するための道標になれば、と彼女と旅をしてきた。だけど、今は……

「お父さん、本当に買ってくれるの!?」

思考中の僕の意識に割り込むような大きな声が聞こえた。声の方向を向くと、小さな女の子が男と会話をしている。

「ああ、お母さんが寝込んでいる間、いい子で弟達の世話をしてくれたからな。頑張ってくれたお前に、お父さんからのありがとう、の印だ」

「お父さん……ありがとう!!」女の子は男の腰に抱きつく。男の手のひらには布でできた髪飾りが乗せられていた。


しばらく時間が経ち、ようやくメリアが店内の物色を終えた。

「あっ！　クルスさん、すいません。夢中になっちゃって……」

メリアは照れくさそうに笑いながら、店の玄関にいた僕のもとに戻ってきた。結局、メリアは商品を見ていたばかりで何も買っていない。

すでに日が傾き始めていた。通りを歩き、角を曲がって店が見えなくなったところで、僕は立ち止まる。

「クルスさん？」

突然立ち止まったことに疑問を感じているようだった。僕はメリアに向き直り、持っていたものを差し出した。

青みがかった緑色の布でできた髪飾り。

リボン、というらしい。店内の他の客や商品見本から見るに髪を結ぶのに使うらしい。メリアが店内のいろんなものに夢中になっているうちに会計を済ませておいた。

「これ……私に……？」

僕は頷く。メリアは両手でリボンを受け取り、じっと見つめている。

「メリアの髪の毛が伸びた。肩にかかっている。結ぶものがあったほうが良いと思った。僕も髪の毛を束ねてもらって、心地よかったから」

僕は自分の束ねられた後ろ髪をなでながら、リボンを付けるべき理由を述べる。メリアはその碧翠色の瞳で僕の目を見る。リボンの色はメリアの瞳の色に似たものを選んだ。

それが、メリアにふさわしいと思ったから。


「いいんですか？　クルスさんはこういう飾りとか、その、必要じゃないものとか……好きじゃないと思ってたんですけど」

僕は再び頷く。

「メリアは好きなのだろう。

だったらそれは必要なものだ」

僕はメリアに言うべき言葉を探す。

人間はこういう時、どういう言葉を使うのか、考え、探し、口にする。

「あと……メリアは頑張っているから。僕一人じゃここまできっと来れなかった。僕からの……ありがとうの印だ」

僕がそう言うと、メリアは開きそうになった口を自分の手で隠した。碧翠色の瞳は潤んでいる。

「そんなの……私の方こそ……私がクルスさんを巻き込んで……痛い思いや怖い思いをさせ続けているのに！　どうして……ありがとうなんて……」

メリアの声は震えていて、消え入りそうな程小さかった。

巻き込まれた、確かにそうかもしれない。

だけど、僕がメリアについていくのも、守ろうとするのも自分で選択したことだ。

傷ついたり苦しんだりすることも自分で選択した結果だ。そして、その結果を含めて僕の選択は間違っていなかった。僕は人間らしくなった今の僕を良い成長をしたと思っている。そして、僕ひとりでは、今の僕にはなれなかった。

メリアは手で自分の目をゴシゴシと拭って。

「嬉しいです！　本当にありがとうございます。こんなにうれしいプレゼント、初めてもらいました。きっと、一生大事にします！　おばあちゃんになってもこのリボンを私はつけますから！」

満面の笑顔でそう言うメリアに、僕は何故か目を合わせることを躊躇ってしまう。その理由はわからないけど、ひとつ確かなことがある。

僕はメリアを喜ばせることが出来た。

【転生しても名無し】

ホムホムッ！　最高だよ……お前は！

【転生しても名無し】
俺たちのホムホムがどんどんリア充になっていく
【◆野豚】
結局、プレゼント選びも俺たちの出る幕なかったしねえ
でも、やっぱホムホムが選んでよかったよ

妖精達も満足しているようだ。

メリアは目を輝かせながら手に取ったリボンを見つめている。


さて、と。


僕は衣服の袖に手を入れる。ソーエンの衣服の袖は広く、小物をしまえて便利だ。そして、取り出したものをメリアに差し出す。

「……あのー、これはなんでしょう?」

「ソーエン製のロングナイフだ。刃渡りは三〇センチ。片刃ではあるが、切れ味は良いし携帯にも向いている。使い方は船旅中にブレイドにでも教えて貰えばいい。接近戦では閃光石は使えないだろうから、小回りの利く携行武器を持っておくべきだ。とりあえず腰の布にでも挿しておけ」

「あ、はい」

メリアは腰の布にナイフを挿す。

【転生しても名無し】
ホムホムｗｗｗ最高だｗｗｗお前はｗｗｗｗｗｗｗ
【転生しても名無し】
俺たちのホムホムは俺たちのホムホムだったｗｗｗ
【転生しても名無し】
逆だろ！　逆ぅ～ーーー!!
そっちは事務的に先に渡して、後にリボン持ってこいよ!!
【◆オジギソウ】
キュンキュンしていた私の胸のときめき今すぐ返せ
【◆軍師助兵衛】
脇差し突きつけて……切腹でもさせるのかと思ったわ

妖精達が騒がしいが、まあいいだろう。

僕は踵を返し、ブレイドの屋敷に戻ろうとする。しかし、手をメリアに握られて足を止めた。

「あのっ！　実は、私もこのリボン見ててクルスさんに似合うと思ってたんです！　でも……クルスさんはこういった飾り嫌がるからやめておこうと、買わなかったんですけど……やっぱり、買って、プレゼントさせてください！」

メリアは僕の手を引いて、先程の店に戻るため、走り出した。
僕ははじめて人からプレゼントというものをもらった。
メリアと同じ型で紫紺のリボン。
僕の瞳の色に合わせたのだと、メリアは言っていた。

＊　＊　＊

ブレイドの屋敷に戻ると、初老の女中から風呂の用意があると伝えられ、敷地内にある浴場に案内された。その浴場はフローシアの家で見たものよりも遥かに広い。
地面を掘って石で壁面と床面を固めて作ったと思われる直径二〇メートル程の人工の池に白濁色のお湯が張られている。池の周りや中には岩がところどころ置かれてあり、もたれたり、腰掛けたりすることができると考えられる。

【転生しても名無し】
こりゃあ温泉かな
すっげーな、ブレイドの財力
【転生しても名無し】
●ＲＥＣ

【転生しても名無し】
→おちつけ

「お館さまから、是非客人に当家の湯殿を堪能していただくよう仰せつかっております。ぜひ、ごゆるりと」

老齢の女中にそう言われるが、メリアは広い浴場を見渡しながら、

「ごゆっくりと言われても……これは落ち着きませんね」

メリアが言うのも分かる。

何故ならこの浴場は屋外にあるからだ。塀や木の茂みで外から見えないよう目隠しはされているが、天井はない。侵入しようと思えばいくらでも侵入できる。ブレイドの屋敷の敷地内というだけで、安全と判断するのは早計だろう。

「ここは守りに適さなすぎる。侵入が容易で脱衣所からも距離がある。外で見張っていると対応が遅くなる。メリアが入るのは推奨できない」

「ああ……ですよね」

メリアがうなだれていると、

「ご安心ください。私の役目はお客様の背中を流すことの他に警護も含まれております。万一、不逞の輩が入ってこようものならこの朝星棍（モーニングスター）の餌食にしてくれましょう」

女中はそう言って、たてかけてあった武器を手に取る。長さ五〇センチ程度の棒の先に棘だらけの鉄球が取り付けられている。当たれば、治癒不可能なレベルのダメージを負うことになるだろう。

「幸いここは風呂場。血が流れても、肉片が飛び散っても後片付けは容易いものでございます」

そう言って、女中は顔の皺を更に増やして、ヒヒヒヒっ、と笑う。

【転生しても名無し】
戦闘民族通り越して発想がシリアルキラーなんですが
【転生しても名無し】
まー、心強いね。メリアちゃんにもお風呂を堪能させてあげなよ
そしたら、ホムホムも入れるだろう

たしかに、入浴をしないという選択をするのは惜しい。フローシアの家で経験した入浴は非常に心地よいものだった。この風呂はあの時のものとは規模も趣も異なるが、その違いを経験してみたいと思う。

何かあったら、大声で叫べ、と言い残して僕は浴場の外に出た。

なるべく、浴場の近くにいようと考え、板塀で囲まれた浴場の裏側に向かう。

すると、闇の中に二人の人影が見えた。

「声を出すんじゃねえよ」

「わ、わかっていますけど……んあっ……」

侵入者の声か。

僕は剣を構え、《ルークス》と唱えた。

指先から広がる光が侵入者を照らしたのだが――

「出歯亀とは感心しないな」

人影の正体はブレイドだった。もう一人は昨夜ブレイドの側にいた若い女だ。彼女は壁に手をつき、腰をブレイドに抱えられ、密着している。

ソーエン人特有の炎のような長い赤い髪を乱れさせ、衣服の裾はたくし上げられ、背中に彫られた華の入れ墨があらわになるほどはだけており、汗ばんでいた。

「何をしている？」

「何って……息ヌキだよ。おかげさんでやることが山積みでな」

【転生しても名無し】
おい、ホムホム謝れ
とにかくもう謝れ
【転生しても名無し】
ヤクザ映画で見たことあるような絵面だな……●REC
【転生しても名無し】
てか色っぽい美人さんだな……

嫁さん？　それとも情婦？


「すまなかった」

と、僕は謝罪した。ブレイドは鼻で笑い、

「へッ。ちゃんと意味分かって謝ってんのかねえ」

そう言って、女の乱れていた着物を直した。

「どうだったよ？　ダーリスの街は。ソーエンの都も悪くないもんだろ」

ブレイドの問いに僕は、

「ああ。売っているものの質も良かったし……楽しめた」

僕がそう言うと、ブレイドは「は？」と口を開けた。

「アマルチアにたどり着いた時は街をゆっくり散策することはできなかったし、買い物も必要物資だけだった。だが、ここでは急いで何かを行わなければならない理由もなく、必要のないものも買った。そういうのが息抜き、というもので、楽しいものなのだろう」

ブレイドは一瞬真顔になって、すぐ笑いだした。

「ハハハハ！　コイツは予想以上だ。フローシアのババアが書いてたことよりよっぽど面白い」

ブレイドは僕に近寄り、

「サンタモニアの人形がここまで人間臭いとはな」

と、囁いた。ブレイドはホムンクルスの存在も、僕がホムンクルスであることも知っている？

「フローシアの手紙にそこまで書いてあったのか」

「警戒すんな。手紙を読んだのはオレだけだよ。他の連中はもちろん、嬢ちゃんにも伝えるつもりはねえ。しかし、知識としてはあったが、実際に見てみると驚きだな。マジでただの小奇麗なガキにしか見えねえ。魔術に傾倒するような国は軟弱だ、とか言ってるお上の連中も考えを改めてもらわないとな」

ブレイドはニヤつきながら、腰の刀に手をかける。

「せっかくだ。軽く手合わせしようぜ。ひとっ風呂浴びる前の運動だ」

そう言って、ブレイドは剣を抜き、刃の付いている側を上にして構える。なるほど、片刃の剣ならではのセーフティだ。

「もちろん、お前は何してもいいぜ。剣でも魔術でも暗器でも。殺すつもりでかかってくるくらいがちょうどいい」

油断している……いや、余裕か。たしかに、メリアが風呂から上がるまで時間がある。ブレイドの心証を良くするためにも付き合っておこう。

僕は剣を構え、ブレイドと対峙した。

一時間後…………僕は大の字に倒されていた。

「ふぅ。いい汗かいた」

ブレイドは汗をタオルで拭っている。当然のことだが全くの無傷だ。僕は少なくとも一〇〇を超える斬撃を味わった。当たったのが刃がついていない面であってもダメージは深い。

「いやぁ、お前いい鍛錬相手だなあ。回復力すげえ早いし、痛みで怯んだりもしねえ。その上、研究熱心で手筋を封じられれば、別の手筋をすぐに試そうとしてくる。一家に一台欲しいわ」

ごきげんな様子でそう話しかけてくるブレイドに、

「僕はモノじゃない」

と、答える。体は動かないが、口はまだ回るみたいだ。

「減らず口まで叩けるのかよ。すっげーな、戦闘力が向上してるだけでも驚きなのに、そんな遊び機能までついてんのか」

戦闘能力の向上？　なんのことだ？

僕が困惑していることに気づいて、ブレイドは言う。

「もしかして、お前気づいてなかったのか。戦う度に自分の戦闘力が向上していることに」

ブレイドはさらに嬉しそうに口角を上げ、僕の頭の横にかがみ込み話し続ける。

「お前が並のホムンクルス程度の性能なら、オレの最初の拳でガラクタになっていたさ。それどころか、四段蹴りや旋風脚まで耐えきった挙句、魔術で一矢報いる始末。今日だってそうさ。明らかに昨日より厳しい攻めが出来ていたぜ。今日、オレが素手でやっていたら、肌皮一枚かすめる程度の戦果はあっただろうよ」

ブレイドは手を差し伸べてきた。僕はそれに摑まり立ち上がる。

「此処に来るまでに何度か死線を潜っただろう。その度にお前強くなってきたんだ。自覚がないなら他人と比べてみろ。ヤバイと思った相手が大した事なかった、なんてことがあったろう」

城塞都市アイゼンブルグからの脱出、森での大蛇との戦い、アマルチアでの宿屋襲撃……たしかに、どれも危険な状況だった。

それに、バルザックを初めて見た時、僕と同等かそれ以上と踏んでいた。だが、昨日の戦いを見る限り、バルザックの戦闘力は今の僕を確実に下回っている。戦力値予測と実測値のギャップ……僕のスペックをアイデンブルグに出撃した時点のもので計算していたが、現在のスペックがもっと高いのならば、当然、計算結果も狂ってくる。

あと、今朝自己点検したときも想像以上に回復が早い、ということがあった。アレは僕の自動回復性能が向上しているということのあらわれなのか。

僕が分析していると、ブレイドは僕の肩に手を回す。

「ま、お前の言うとおり、お前はモノじゃねえな。成長するってのは生物の特権だ。人間臭いことを考えて経験を糧に成長するならばもうお前は立派な人間だ。イフェスティオまでは長旅だが、まあ、仲良くやろうぜ」

そう言って、ブレイドは僕の肩を抱いたまま、逆の手を差し出す。僕はその手を握り、離す。だが、それでは終わらず拳を作って、目で「お前も」と合図をする。僕も手を握り、拳を作る。

するとブレイドの拳が僕の拳に軽く打ち付けられた。

「ソーエンの男達がよくやる友好の印だ。覚えておいて損はねえよ」

「インプットした」

僕の反応にブレイドはへへへ、と笑って拳を僕の胸に軽く打ちあてて去っていった。おそらく満足したのだろう。それに僕にとっての収穫も多い稽古だった。ブレイドは僕のことをホムンクルスだと認識しているからこそ客観的に僕の事を分析している。一緒に旅をする中で彼に教えられることも多くなるだろう。さて、体も汚れたし、風呂で洗い落とそう。

僕は軋む体を引きずりながら浴場に向かう。


【転生しても名無し】

ホムホム入浴タイムキター！

【◆江口男爵】

じっくり鏡を見ながら隅々まで洗うんだぞ

妖精達が再び盛り上がり出した。彼らも入浴が好きなようだ。

浴場にまで向かう道を歩いていると突如、女の怒鳴り声が聞こえてきた。メリアのものではないが揉め事かもしれないと僕は声の方角に向かう。するとの本宅の門の前で女が二人立っていた。片方は先程ブレイドと一緒にいた女だ。彼女はもう一人の小柄な女に一方的に怒鳴られている。

「お館様のお気に入りだからって表から堂々と出入りしてんじゃねえ！　この淫売!!」

淫売……金をもらって生殖行為の相手をする女のことだったか（妖精達の『性にまつわる言葉についての集中講義』参照）。

「ブレイド様にそうするように言われているのですよ。逢瀬を忍ぶ必要はない、と」
「フン、恋人気取りか？　奥手のお館様をたらしこんで……この女狐！　バット様の娘だからといっていい気になりやがって！　ワレてんだよ。テメエがいろんな男とヤリまくってることくらい。それもジジイや変態も手当たり次第ってな！　汚ねえ汚ねえ！　臭え臭え！」

【◆ダイソン】
あの人ビッチだったんか……ショック
【転生しても名無し】
まあ、あの美貌なら選り取り見取りだけどな
オッパイ大きいし
【◆バース】
ええやん……ワイは綺麗なビッチ大好きやで

妖精達が各々意見を交わしているが、とりあえずあの女性は倫理的に嫌われる対象なのだろう。

「いいか？　ブレイド様はいずれもっと高い所に上り詰めるお方だ。お前みたいな毒虫に病気でも移されたらたまったもんじゃねえ。ちっとは身の程わきまえやがれ！」
「淫売だの女狐だの毒虫だの……汚い罵り方をご存じで。ですが、あまり汚い言葉ばかり使っておりますと口が腐りますよ」

そう言って女は笑って受け流した。女中は顔を真っ赤にして殴りかかった。だが、拳は捻りあげられ地面に押さえつけられた。

「言っておきますけどブレイド様は別に奥手なんかではないですよ。あなたに手を出さないのは単に魅力に欠けるだけのことでしょう。女を使ってブレイド様を満足させてあげることもできず、武芸も稚拙で貧弱。なにか一つでも私に勝ってから偉そうにしてごらんなさい」

そう言って女は女中を解放した。

「もっとも……あなたに言われる程度のこと、自覚しておりますが」


【転生しても名無し】

やっぱソーエンの女……強い……

【転生しても名無し】

見苦しいくらいのキャットファイト期待していたのにあっさり終わってもうた
【◆野豚】

なんかブレイドの周りもいろいろごたついてるなあ。無事、この屋敷を出れたらいいんだけど

ブレイドの身の回りのことまで僕の手は回らない。とりあえず、予定通り風呂に向かおう。

広い浴場に比例するかのように脱衣場も広い。脱いだ服を入れておく籠も何十個とあり、本来は大人数で利用するものなのだろう。

僕は腰の布を解き、服を脱ぐ。カゴの中には大小のタオルが一枚ずつ置かれている。大きい方を広げてみると、僕の体を覆えるくらいの大きさだった。


【◆江口男爵】

ホムホム、その大きなタオルって体に巻けるか？

その、胸と股間が隠れるように

言われたとおりにやってみる。壁に大きな鏡がかけられていたので、それで全身を映す。

これでどうだ。


【転生しても名無し】

江口男爵……お前天才か
【転生しても名無し】

あらいいですね～。余計なもの（薄っぺらい胸とか、ブラックボックスである股間とか）が映らないと、完璧女の子に見えるね～

【転生しても名無し】
●REC　●REC　●REC
【転生しても名無し】

ふぅ……まったく、けしからん

なにが楽しいんだ？　まあいいが。

浴場に入ると湯の入った大きな甕（かめ）があり、そばに桶が置いてあった。

ここで体を洗うのだろうと判断し、タオルを脱ぎ桶に湯を掬って体にかける。ブレイドのお陰で汚れきった体を小さい方のタオルで入念に洗う。冷たい風が吹く度に濡れた部分が強く冷やされる。そうなった時にお湯をかぶると、体がほぐれるように心地よい熱が染み渡る。

未体験の心地良さだ。お湯に浸かる瞬間が今から楽しみだ。

僕はたっぷりとお湯をかけて体を洗い流し、再び大きい方のタオルを体に巻きつけて風呂へと向かった。

湯が張られた大きな池に僕はそっと片足ずつ入っていく。先程まで冷たい石床の上を歩いてきた足の冷えは霧散し、体内に熱が浸透していく。静かに静かに音を立てないように体を沈め、肩まで浸かる。フローシアの家の風呂よりもやや熱い。だが、それがまた心地よい。水面の湯気を散らす冷たい風が僕の首から上を冷やすが、それもまた涼やかで心地よい。おもわず、「ほぅ」と息をついてしまった。

お湯に肩まで浸かりながら外気と湯の寒暖を堪能する。

ブレイドに痛めつけられたダメージもみるみる回復していく……気がする。これだけ広い風呂に浸かれる機会はそうそうないだろう。出来る限り楽しんでみたい。

【転生しても名無し】
じゃあ、泳いでみたら？　本当はマナー違反だけど誰もいないならいいでしょ

【転生しても名無し】
子供の頃、めっちゃやったわｗ

泳ぐ、か。一応、泳ぎ方もインプットされている。実践したことは無いが、試してみるか。

僕は両腕を前に伸ばして、床を蹴って体を伸ばす。手と足を使ってお湯を掻き分けて進む。水中は濁っていてよく見えないが前に進んでいるのは分かる。少し進むと、湯の中に置かれた岩に手の先が当たったので水面に顔を出した。

成程、これは楽しい。歩行に比べて速度は遅いが水に浮遊している感覚は今まで経験したことがないし、泳ぎ方もいろいろ試してみたくなる。

別の方向に進路を変えて再び床を蹴る。今度はすぐに壁にはぶつからない。水をかく両腕の力加減を変えて、方向を時々変えながら進む。しばらくそんな感じで水中を回遊していたら、指先が何かにぶつかった。岩とは違う、もっと柔らかいものだ。僕は再び水面に顔を出す。

ふぅ、と息を吐いて、顔に張り付いた前髪をかき分けると——

「…………」


【転生しても名無し】

うおおおおおおおおおおおおおおおおおおおお!!

【転生しても名無し】

キタアアアアアアアアアアア!!

【転生しても名無し】

えっ？　ちょ？　意味がわからないんですけど？

【転生しても名無し】
●REC●REC●REC●REC●REC●REC●REC●REC●REC●REC●REC

「あ……クルスさん？」

　僕の目の前にはメリアがいた。

　ここは浴場であるから、当然、服は着ていない。白く濁った湯がその裸体を隠してはくれているが、水面から出ている華奢な肩や鎖骨といった普段見ることのない部分の肌があらわになっている。


【転生しても名無し】

これだよ！　これを待っていたんだよ！　ありがとう！　ありがとう！

【転生しても名無し】

ホムホム！　オレ、お前の旅を見続けてきた甲斐があったよ
【◆与作】
ホムホム、メリアちゃんから目を離して、謝れ

「すまない」
僕はメリアに背を向けて謝った。

【転生しても名無し】
オイイイイイイイイ!!　与作!!　テメエ!!
【転生しても名無し】
なんでそういう優等生的な真似するかなあ
空気読んでくれないかな。かな？
【◆湘南の爆弾天使】
おい、屋上行こうぜ……
久しぶりにキレちまったよ
【◆与作】
メリアちゃんの裸を見世物にしてたまるか!!
【転生しても名無し】
これだからガチ恋勢はっ!!

妖精達の盛り上がりっぷりは今までにない激しさだが実際にこの場にいる僕の身になってほしい。いや……彼らはこういう時「おい、ホムホム。そこ代われ」と言うだけだろうな。

さすがにこれが良くない状況だということくらいは僕にも分かる。女性は異性に肌を見られたくないものだ。故意であるにせよ、ないにせよ。メリアが嫌がるようなことはしたくなかったんだが
……。

僕がそんなことを考えていると、背中の方向からクスクス、という笑い声が聞こえた。

「お風呂ではしゃぎまわって泳いでみたり、私の肌を見て目をそらしたり、クルスさんも男の子っぽいところあるんですね」

横目でメリアの様子をチラリと確認する。両手で口を押さえて笑っている。

「怒ったり、怖がったりしないのか？」

僕の問いに、

「クルスさんならいいですよ。抱えられたり、一緒の部屋に寝たりしてきたじゃないですか。それに、私、今とっても気分が良いので」

メリアはそう言って腕を水面に出す。よく見るとメリアのそばには飲み物のグラスが置かれたお盆が浮いている。

メリアはグラスを手に取り中の黄色い液体を舐めるように飲む。

「クルスさんも一口どうですか？」

そう言ってメリアは僕にグラスを差し出してきたので受取り、口をつける。甘い果実の味と香り

が口に広がる。喉をすり抜けるとほんのり熱い。

「酒、飲めないんじゃなかったのか？」

「果実酒はちょっと飲めるんですよ」

うふふ、と笑って鼻のあたりまで湯に浸かるメリア。

酔っているのは間違いない。でも、おかげで僕の登場を見逃してもらえた。

僕はメリアから目をそらすため、空を見上げる。

夜空には無数の星が瞬いていた。

「随分、長い入浴だな」

「ずっとお風呂に入っていたわけじゃないですよ。むしろ女中さんにマッサージしてもらったり、垢すりしてもらったりしてた時間が長くて。でも、すっごくきもちがよかったのです」

メリアはどんどん口調が柔らかくなっていっている。どうする？　風呂から上がるように言うべきなのか？　ああ。それが正しい判断だ。


と、考えていたら——


「かがやくれきしはー♪　われらぁのせぇにーありっ♪

けーんをとりゆみをかまえよーー♫」

メリアが妙な調子で脈絡のないことを言いだした。しかもイフェスティオ語だ。酔い過ぎて幻覚を見ているのかもしれない。

【転生しても名無し】
歌だよ！　バカヤロー!!
【転生しても名無し】
ルンルンで歌うメリアちゃんカワユス!!
若干音痴気味なのもイイ!!
【転生しても名無し】
この世界にも歌があるんだなあ。歌詞的に軍歌か？

うた？　情報にない。

【転生しても名無し】
歌ってのはね。声で奏でる音楽で、音楽ってのは音を人工的に並べて作る表現手段……わかりやすく言えば、人類の宝だ
【転生しても名無し】
効果は聞いている人を気持ちよくさせたり、喜ばせたりすることができる

魔術のようなものか。なら、今メリアは何をしようとしているのだろう？

【転生しても名無し】
魔術みたいな実用的なものじゃないよ。歌は歌いたいから歌うもんだ
【転生しても名無し】
あと、歌を聞く時は頭空っぽにするんだよ。聞こえてくる音に身を任せるんだ

あなた達がいるせいで僕の頭の中が空っぽになることはないんだが。

「せーかいにかんたるーえいえーんのてーいこーく♪♪」


……でも、たしかに笑顔で大きく口を開けて歌を歌うメリアを見ていると警戒心が薄れていく。

ああ、これも歌の効果か。

ひととおり歌い終わると、メリアは僕の方を向いて、

「これー、イフェスティオでうたわれているうたなんですよー」

「そうか」

「ソーエンにも、うたってあるんですかねー。サンタモニアにはあるらしいけど、きかずじまいだったなー」

メリアは腕組みした両腕の肘を岩場に預けてもたれている。水面から出る体の割合が先程より多くなっている。うっすら赤くなった白く細い肩があらわになって、湯気が立ち上っている。

【◆江口男爵】
みんな「北風」と「太陽」だ
騒ぐのは逆効果だ
【転生しても名無し】
イエス・マイロード

妖精達の文字が止んだ。まあ、静かでいいが。

メリアはろれつが怪しくなりながらもたくさんのことを話した。明日何しようとか今日の買い物はどうだったとか。未来のことも過去のことも、メリアが話すとまるで今起こっていることのように思えて、楽しい。

気持ちが自然と緩んでしまう。


「あーっ！　クルスさん、いまほんのりわらってた！」

「え？」

僕が笑った？　そんなこと、ありえるのか。

「なんでやめるんですかー。せっかくかわいかったのに」

「やめたつもりはない。そもそも笑ったなんて、メリアの見間違いじゃないのか」

「そんなことないですよーー！　もっかいわらってくださーーい！」

そう言ってメリアは僕の顔を掴もうと正面から飛びかかってきた。

僕はメリアの両手首を掴むがジタバタと抵抗される。

「暴れるな。見えるぞ」

「なにがですかー？」

「見えちゃいけないものがだ」

僕は視線を横にそらす。妖精達をこれ以上喜ばせてやることもあるまい。と、思っていた僕の視界には――

「なんだよ。お前らも一緒に風呂はいってたのか」

ブレイドが風呂の縁に立っていた。全裸で。

そして、隣には先程ブレイドと一緒にいた女が不敵に笑いながら立っている。彼女は手に持ったタオルを胸元から垂らすようにして、局部を隠しているが、大きく凹凸の激しい体なのでタオルかところどころはみ出してしまっている。


【転生しても名無し】

ウヒョオオオオオオオオオオ!!

グラマラスなお姉さんきたあああああ!!

【転生しても名無し】

ごめん。もう声を大にしていいたい

今夜はサイコ――――――――――です!!

【◆江口男爵】

胸の質量が素晴らしい……メリアやフローシアも実に可愛らしい娘（ガール）だが……まだ『女（レディ）』じゃない

復活したな。当然のごとく。

ブレイドはニヤニヤしながら、

「そっちも仲良さそうだねえ。クルスも女みたいな面してるくせに、やるじゃねえか」

と言った。

隣りにいる女もブレイドに同意するように不敵に笑った。僕は、そろそろメリアに風呂から上がるよう促そうと思うと――

「キャアアアアアアアアアアア!!　な、な、ナニみてんだあああああああ！　コラアアア!!」

メリアが絶叫した。メリアが酔っ払い気味だったためいろいろ大目に見ていたが、このシチュエーションは僕の足りない常識で測っても問題がある。

「おっ、その反応は生娘だな。これはこれは、クルスも励まなきゃいかんなあ」

ちょっと何言ってるのかわからない。

それよりメリアだ。

岩場に隠れて縮こまっている。僕は自分が持っていたタオルを手渡し、風呂を上がるように伝えた。

メリアは涙目になりながら湯の中でタオルを体に巻き付け、コソコソとブレイド達から逃げるようにして浴場を出ていった。

「クハハ。あの顔でチンピラ口調は滑稽で新鮮だな。ミスマッチの魅力というやつか」

「メリアのソーエン語はバルザックの船で読んでいた本のせいだ」

「あーなるほど。多分、粗暴者物語を読んだんだろうな。ソーエンの書物はお上の検閲が厳しくてなあ。物語もあの手の戦闘意欲を掻き立てるものくらいしか出回らねえんだよ」

そんなことを言いながら、ブレイドは風呂の中に足を広げて座り、女はブレイドに抱きつくようにして、その太ももに座った。

女の背中に彫られた華の絵は、その体がねじれる度に風に揺れるように形を変える。


【転生しても名無し】

ホムホム、しっかり観せてもらって、勉強させてもらえ

「クルス。俺らのを観て勉強していくか？」

ブレイドと妖精の発言が見事に一致した。なんだこの一体感。

「必要ない」

と言って、湯から上がろうとしたその時、

「今夜は寝るなよ。メリアも寝かせるな」

と、ブレイドは真面目な口調で言ってきた。


あてがわれた離れに戻ると、メリアが居間で座って水を飲んでいた。僕が戻ってきたことに気づくと、彼女は顔を赤らめて頭を下げた。

「す、すみませんでした」

「何がだ。説明してほしい」

と、僕が尋ねると、メリアは口ごもりつつ、

「クルスさん、案外意地悪ですね……」

と、呟いて少し睨みつけてきた。話が嚙み合っていない気がする。

【転生しても名無し】
ホムホムさん、マジ、ドSっすわw
【転生しても名無し】
話が嚙み合っていないというか、ホムホムは語学の前にデリカシーを学べ

「もう寝ます。おやすみなさい……」

メリアは肩を落としながらも立ち上がり寝所に向かう。だが、先程のブレイドの忠告があるので

メリアを引き止めるため腕を掴んだ。

「なんですか……」

メリアは自分を掴んでいる僕の腕を見て少し頬を膨らませた。そして、お互いの視線がぶつかる。

メリアの瞳に僕が映り込んでいる。

「あの……どうしたんですか？」

僕はメリアの目をじっと見据え、

「今夜は寝かさない」

と――――ブレイドの忠告を伝言した。

すると、メリアは目を丸くして、

「えっ……ちょ。ちょっと待って下さい。その、さっきは酔ってて……あの――――」

しどろもどろになって顔をさらに紅潮させていく。


【転生しても名無し】

ホムホムぅぅぅぅぅ!!　もっと自分の言葉に責任を持って！
●REC
【転生しても名無し】

ちょwwww予想外のミスだけど……これいけんじゃね？

【◆江口男爵】

まず、メリアを仰向けに押し倒してだな

【◆与作】
やめろーーーーーー！
【転生しても名無し】
与作は木でも斬ってろ!!　さもなくば俺が斬る!!

僕はメリアの反応の理由も、妖精達の喧騒の原因も分からなかったが、何かを間違えていることは分かった。

5章

人形たちは戦場で踊る

夜が深くなった頃、扉がコンコンとノックされた。

扉を開けると、案内役を務めていた男が立っていて、僕らを外に出るよう促した。僕とメリアはソーエンの衣服ではなく、フローシアから貰った服に着替え終わっている。

髪にはお互いに贈りあったリボンを付けた。僕は後ろ髪の根本に近いところにリボンを付けて髪を上げるように束ね、メリアはリボンで束ねた後ろ髪を寄せるようにして肩の前に垂らしている。

案内役の男に続いて、僕らは夜の闇に紛れてダーリスの狭い路地を縫うように小走りで駆け抜けた。

そして辿り着いたのは、港の外れにある波止場。目の前には黒く塗装された大きな船の外壁がそびえている。バルザックの船の倍はある巨大な船だ。

船体を見上げていると縄梯子（なわばしご）が降りてきた。メリアを後ろに連れる形で梯子を昇りきると、そこにはブレイドが立っていた。

「あの一言だけでちゃんと分かってくれたんだな」

「出発するんだろう。イフェスティオに向けて」

「そういうこった。これでも重責ある身なんでな。勢い良く飛び出さなきゃ後ろ足掴まれちまう」

ブレイドはニヤリと笑って、甲板を歩いていく。

僕はメリアに向き直って言う。

「休息は終わりだな」

ほんの一日のことだったが、異国の衣装に身を包み、買い物をして、広い風呂に入る。穏やかで命の心配をすることがないほど安全で、楽しい時間だった。僕ですらそう思うのだ。メリアはこと

さらだろう。残念がったり、不満そうな顔をするのかと思ったが、

「はい」

答えた声も表情も凛としていて気持ちを切り替えているようだった。


夜風を受けて船は進み、日が昇る頃にはソーエンの陸地は彼方に霞んでいた。甲板で離れていく陸地を眺めていた僕とメリアだったが、寝ていなかったメリアは少し眠そうだ。

できるならば船室を借りたいのでブレイドを探す。聞き覚えた声の方に歩いていくとブレイドは小太りの中年男と談笑していた。男は煌びやかで仕立てのいいソーエンの衣服と帽子を身に付けており、高い地位にいる人間だと推測する。

ブレイドは僕達に気づくと、

「おう。クルス、メリア。紹介しておこう。この人はバット・サザン。オレの兄貴分で、サザンファミリーのナンバー2だ」

と男を紹介してきた。バットという男は慇懃(いんぎん)な態度で僕とメリアに挨拶をする。

「これはこれは、美しき姫君達よ。あなた方の旅の手助けをさせていただき、このバット・サザン、光栄の極みであります。手前どもはむさ苦しい男衆ばかりでして、行き届かないところもあるかもしれませんが、何なりとお申し付けを」

メリアは背筋を伸ばして、

「姫なんてブッこき過ぎだろう！　タメ扱いでいいよ。ゴキゲンな旅になりそうでワクワクしてん

ぜ」

　と言った。


【転生しても名無し】

意訳
『姫だなんてお上手ですね。どうぞ、私共に対して、お気遣いくださらぬよう。楽しい旅になることを期待しています』

【転生しても名無し】

だ・か・ら！　メリアちゃんにソーエンの人、特に目上の人と喋らせるのやめろ！　見てるこっちがハラハラする！


　バットは自身の太鼓腹を叩いて大笑いした。

「ガハハハハ！　これはこれは。聞いたとおりなかなか威勢のいい姫さんだ。それにそちらの黒髪の姫もなかなかに腕っ節が強いのだろう。お前に何度倒されても立ち上がって挑んできたとか」

　バットは砕けた物言いでブレイドに話を振る。

「なんだよ。サザンカでの一悶着まで聞き及んでるのか。油断ならないねえ」

「情報を制するものは世界を制す。非力なワシがこんな地位にいるのはそういうのが得意だったからさ」

「肝に銘じてるよ。ま、クルスは強いぜ。ソーエンの男と比べても見劣りしねえ。なかなか面白いヤツだろう」

「まったくだな。クルスとやら、ワシの子飼いになる気はないか？　待遇は保証するぞ」

と、笑みを浮かべながらバットは言うが、

「お断りします。私はメリアについていくと決めていますので。ご無礼をお許し下さい」

丁重に頭を下げて返答する。

目上の相手に言葉遣いを変えろ、と妖精からの指示があったので従ってみる。

「ほほう。クルス殿は丁寧な言葉遣いもできるようだな。ますます惜しくなってしまうなあ。腕っ節と教養、そしてその妖しげな色香漂う美貌……ふふ、退屈な船の上で思わぬ愉しみができてしまったな」

どうやら好印象のようだ。


僕がブレイドにメリアを寝かせてやりたいと頼むと、夜には部屋を準備するからそれまではハンモックを使うように言われた。マストの陰に設置されているハンモックを見つけると、メリアはひょいと乗り込み横になった。僕はメリアの傍で剣を抱きながら床に腰を落とす。

「ここから一ヶ月もかかるらしいですね。バルザックさんの船の時の倍くらい……バルザックさんとも、ちゃんとお別れの挨拶をしておきたかったな……」

メリアの言葉が途切れ途切れになっている。おそらく眠気が達しているのだろう。

「眠いのだろう。少し休め。寝ている間、僕はそばにいるから」

「はい……ありがとうございます」

少しすると、メリアはすぅすぅと寝息を立て始めた。

メリアが眠り始めて、一時間ぐらい過ぎた頃、ブレイドが足元をふらつかせながら僕達のもとにやってきた。昨日から一緒にいる赤い髪の女性を連れている。

「すまねえな。大急ぎで準備したもんだから間に合ってなくて」

「いや、構わない。ブレイドの方こそ大丈夫なのか?」

ブレイドは腹をさすりながら、

「ああ……どうも船には慣れなくてなあ。船酔い気味なんだ。さっきも盛大に戻しちまった」

「いや、そのことじゃない。組織の幹部なら、旅に出るにもいろいろ引き継ぎとかが必要だと思うが」

ブレイドは苦しみながらも口角を上げて、

「体調気遣ってくれてんじゃねーのかよ……ああ、組織のことはだいじょーぶ。オレは出奔したって事になってるから」

予想外の返答だ。ブレイドは自分の身分を捨てて、旅に同行するつもりなのか。

「心配すんな。別にお前らのためだけじゃねえ。イフェスティオには一度行ってみたかったのさ。世界最大の軍事国家であり、人類最後の砦。ソーエンで縄張り争いしているヤクザ稼業なんかより、よっぽどいい経験をさせてもらえそうじゃねえか」

すごい行動力だな
てか、組のナンバー2で私兵組織のトップが出奔って大事になりそう
【転生しても名無し】
じゃあ、その女の人はどうするの？
嫁さんじゃなくても恋人とかなんでしょ？

僕は隣にいるその女性はどうするのか、聞いてみた。すると、彼女は微笑みながら、

「私はブレイド様のものでございます。もしブレイド様が魔王軍に加勢すると言っても、私はついていくでしょう」

「だそうだ。旅の仲間が一人増えたな。コイツはククリ・サザン。ちなみにバットのアニキの娘だ」


【転生しても名無し】

ええええええええええ!?

【転生しても名無し】

似てない！　似てないとかいうレベルじゃないくらい似てない！

なんであの豚みたいなオッサンからこんなグラマー美人が生まれるんだよ！

【転生しても名無し】

う、産んだのはあのオッサンじゃないから（震え）

【◆バース】

嫁が美人なんやろ（鼻ホジー）

「ククク、アニキと全く似てなくて笑えるだろう。ククリは兄貴の奥さん似だな。奥さんはえらい美人で、若い頃は数多の男が奪い合って、血みどろの戦いを繰り広げたらしい」


本当にブレイドと妖精達は話が合う。

ククリは船酔いを楽にする薬を取ってくると言って、この場を離れた。

僕とブレイドは寝ているメリアの近くで並んで座る。


「クルス、覚悟しておけ。嬢ちゃんに言う必要はないが、魔王軍の動きが活発になっている。この間、陥落したっていうサンタモニアのアイゼンブルグに幹部クラスの上級魔族がやってきたって噂もある。だとすれば、此処から先の海は完全に奴らの影響下にある」

アイゼンブルグはサンタモニアとイフェスティオの国境付近にあり、陥落したことで、ハルモニアにおける列強二国が分断されてしまった。その重要拠点に上級魔族を送り込んだとすれば、魔王軍はその戦略的価値を承知しているということだろう。実際、僕達が潜入した時の戦力は想定をはるかに上回るものだった。それに、僕の同胞を一網打尽にした強力な魔族……低く見積もっても超越者に匹敵する魔族に違いない。

「急所に楔が打たれているのを見過ごすイフェスティオじゃねえ。昨今、超越者の将軍が各地で魔王軍を退けていると聞いている。その将軍がアイゼンブルグを奪還しようとする可能性は高い。あの国の連中、個の力ではソーエンの人間と比べれば非力だが、集団としての力は尋常じゃねえ。世界最強国家を名乗るのは伊達じゃねえってことさ。もっとも、ヤバさという意味じゃサンタモニアだって大概だがな」

「サンタモニアがか？」

「ああ、研究ばかりしている軟弱な国だと思っていたが、お前を見て印象が変わった。奴らは本気で魔王軍を滅ぼせる魔術を開発するかもしれねえな。そもそも、生命を作るのは神の御業だぜ。それを人の手で再現したんだ。神の火槍や宙船（そらぶね）の御業を再現したとしても、驚かねえよ……ともかくだ」

ブレイドは立ち上がった。

「俺の予測ではイフェスティオがアイゼンブルグを奪還する遠征は大規模な戦乱に発展しそうな気がする。魔王軍とイフェスティオの総力戦……一回の合戦で綺麗にケリがつくわけがねえ。魔王軍も知恵をつけているからな。戦いが長期化すれば物資補給や勢力拡大のために人里や都市にまで戦火が拡大するのは必定。そうなった場合、強い力は人類にとって戦力として求められるだろう。サンタモニアを離れ、使命を失ったお前は人類のために戦うか？　それとも無視を決め込むか」

僕は考える。僕は「生きる」という目的の為に活動している。だから、無闇に戦いに巻き込まれて、破壊されるリスクは避けたい。だが「生きる」というのはただ死なないことじゃない。自らは力を使って逃げ惑い、力を持たない人間が死ぬのを静観することが正しい判断とも思えない。それを正しいとするならば、僕はメリアとともにはいられない。

「分からない。だが、今はメリアを守ってイフェスティオに向かう。人類というのは範囲が広すぎる。善人もいれば悪人もいる。それをひとまとめにして守ろうと思えるほど、僕の思考回路は大雑把じゃない」

僕の答えに、ブレイドは笑った。

「違いねえ。ま、向こうから寄ってくるもんだ。選択の瞬間ってのはよ」

ククリが薬を持って戻ってきた。ブレイドは震える手で薬を受け取る。

「おい、クルス。せっかくだからククリと散歩がてら話してきたらどうだ？　これからしばらく一緒なんだ。相互理解は重要だぜ」

「メリアから離れるわけにはいかない」

「安心しな。俺が見ててやるから。体調がすぐれなくても警護くらいこなせる。信用してくれよ」

ニッ、と笑うブレイドに僕は、

「腕は信用しているが寝ているメリアに猥褻（わいせつ）行為をしないか不安だ」

「わいせっ……!!　ば、バカか!!　何言い出すんだ、テメエは!?」

「好きなのだろう。昨日会った時はほとんどしていた」

「まあ、そうだが……その点は心配するな。俺の好みはこういうのだ。鶏ガラみたいな小娘に興味はない」

と、ククリを指差す。たしかにメリアよりも肉付きがよく、それでいて洗練された肢体をしている。昨晩とは違い陽の下にあるせいか、メリアとの差異は明らかだ。

「理解した」

【転生しても名無し】

あっさり理解すんなよ！　メリアちゃん可哀想だろ！

【◆オジギソウ】

メリアちゃんだってまったく無いわけじゃないからね！

ククリさんが重装備なだけだから！

【転生しても名無し】

パーティに美女が増えてワイ歓喜

僕とククリはブレイドとメリアを残して甲板の下の船倉内に入っていった。乗組員用の船室。食料や燃料、生活物資の貯蔵庫。調理場。食堂。共有の休憩場。バルザックの船よりも広く、年季が浅いものであるのは確かだが、特に目新しいものでもない。早々に切り上げてメリアのもとに戻りたい僕は早足になっていた。すると、隣を歩いているククリはクスッ、と笑い、

「心配性ですね。ブレイド様はそこまで見境ないお方ではないですよ。好みじゃない女性にちょっかいを出すようなことはされません」

と言ってきた。

「昨日も同じようなことを言っていたな」

僕の口をついて出た言葉にククリは一瞬顔が強張ったがすぐに静かな笑みを戻した。

「騒がしくしすぎましたからね。では、私のことをどう思っています？」

「特に思うところはない。あの時の会話で得た情報はブレイド以外にも沢山の男と肉体関係を持っているということくらいだ」


【転生しても名無し】

オブラート！　オブラート！

【◆オジギソウ】

女性に面と向かってそういうこと言っちゃダメ！


「歯に衣着せない方ですね。ブレイド様が気に入られるわけです」

ククリは髪の毛をかきあげた。フワリとなびく長い髪が炎のように見えた。

「私が肉体を使ってたくさんの殿方を悦ばせてきたのも事実。私に入れ込みすぎて身上を潰した方も少なくない。毒婦と言われるのも納得です。私もあの女中の立場であれば不満を漏らしたでしょうね。あそこまで下品な物言いは避けますけど」

「僕の理解している性的な倫理観の中では女は多数の人間との肉体関係を持つことを避けようとする。あなたは性交渉をするのが好きなのか？」

僕の疑問に彼女は少しうつむく。

「好きなわけではありませんよ。ただ、どうでもよかっただけです。貞操を大事にするような清らかな生き方をできるほど、私は親に恵まれておりませんでしたので」

親……バットのことか。

「サザンファミリーのナンバー2。かなりの権力者だろう。金銭的な不自由はなかったはずだ」

僕がそう言うとククリは不敵な笑みを浮かべ、首を横に振った。

「大切にはしてくれましたよ。教養も身につけさせてくれたし、一流の使い手につきっきりで武芸を仕込んでもらったこともあった。身につける衣服も化粧も高級なものばかりが与えられた。バット・サザンの権力と財力によって紛れもなく私は育てられた。だけどそれは……人間を扱う愛情ではなく、自分が使う道具を磨き上げるための打算によるものだったのです」

ククリは歩みを進め、床下に隠されるように備えられた梯子を下った。僕も彼女についていく。

梯子を降りると目の前には丸い窓の付いた扉があった。

「ご覧ください。父の道具の職場です」

ククリに促されるまま僕は扉の窓から部屋の中を覗き込んだ。

煙草(タバコ)だか香木の煙が充満していた。だが、そこで何が行われているかはハッキリと見えた。何人もの裸の男と女が絡み合っている。汗を迸(ほとばし)らせ、悲鳴を上げながら。


【転生しても名無し】
●REC
【転生しても名無し】
ブレねえなw　●REC
【◆オジギソウ】
ちょっとは自重しなよ。普通に子供みたいな娘もいるじゃん……

「下の方の遊戯場、だなんて隠語で呼ばれている場所です。クルス殿には刺激が強かったかしら？」

上目遣いで悪戯っぽく笑うククリ。メリアも似たような表情をすることはあるがククリのそれはどこか毒が混じっている印象を受ける。

「別に。興味もない。そもそもあなたの意図が分からない。僕にこれを見せることになんの意味がある？」

「自己紹介という奴です。私の」

そう言ってククリは僕に覆いかぶさるようにして両手を壁に叩きつけた。壁ドンという行為か。

「ここは長い航海における性欲処理の場所なんですよ。そしてここで働いている女達は金か権力か暴力か。なんらかの理由で父に従う以外、生き方を選べなかった者達です。父はよく彼女達のことを人形、と称しています。人を魅了する美しさを保ち、何をされても拒まず、何も望まない。人間の形をした玩具……」

「あなたの口ぶりだと、バットに対して敵意を抱いているように見える。親子の情では割り切れないほど、彼が卑劣であると――」

「私が処女を失ったのは一〇歳の時でした。初潮が来る前の事です。相手は密輸取締を担当している国の高官でした。父の商売敵ともいうべき人間です」

おいおいおいおいおい……いきなりとんでもない爆弾発言きたぞ！
【◆オジギソウ】
ねえ、ちょっと待って。シャレにならないんですけど
【◆江口男爵】
さすがに俺でも茶化せんわ
【転生しても名無し】
と、とりあえず一旦聞こう！

「父は人の心を巧みに操ります。その人が欲しいと思っているものをあらゆる手段で調べ上げ、それを餌に懐柔または脅迫し、自らの意のままに操ります。武はからっきしの父がサザンファミリーの大頭目にまで上り詰めたのはそういうことに長けていたからです。中でも父のお気に入りの人形が私の母でした。ソーエン一の美女とも名高い方でしたが、父に手籠めにされ無理矢理籍を入れられてしまいました。それが母の美しさを独占したいなどというものならばまだ可愛げはあったのでしょうが、父は母を縛り付けるために婚姻関係を結んだだけで、他の人形と同じように母も政略の道具とされ続けました。母が死ぬまで……」

　ククリの目に明らかな怒りが浮かぶ。組んだ腕に手の指が食い込んでいる。

「母が死んだ後、私は母の代わりに父の最愛のお人形になりました。それがどれだけ異常なことかは分かっていましたが抗うことはできなかったのです。頼るもののない子供でしたから。そして、たくさんの汚れを溜め込むうちに私はいろいろなことがどうでもよくなり、これも自分の運命であ

ると受け入れたのです」

ククリは壁から手を離し、上に続く梯子に手をかけた。

「何故、僕にこんなことを話した？　今のことはブレイドにこそ話すべきだ。彼ならばあなたが望まないことならば」

すると彼女は穏やかな微笑みを投げかけてきた。

「もちろん。あのお方はご存じですとも。あなたに話したのは……なんでしょう？　懺悔でしょうか？　あなたは無垢で清らかで、それこそお人形みたいですから。話しやすかったのかも。だからこそ忠告です」

ククリは僕の耳元で囁く。

「悪人は思っている以上に多いのです。近くにいる者がそうだったりすることもある。この世界で人と関わって生きていくなら常に警戒しておくべきです」

そう言い残してククリは梯子を駆け上り、姿を消した。

＊　＊　＊

日が沈み、夜になった。僕とメリアは用意された船室に入り、鍵を締めてそれぞれのベッドに腰掛けた。メリアは髪を解こうともせず、横にもならない。何故か聞いてみると、

「なんとなく、ですね。警戒している、というより警戒を解く気になれないんです。バルザックさんの船は荒くれ者ばかりでしたけどバルザックさんのことは信用できましたし……皆バルザックさんを裏切ることはないと思ってましたから。でも、この船に乗っている人は違うと思います。特にバットさんという人。組織のナンバー2がナンバー3の出奔を助けるなんてどう考えても厄介払いじゃないですか。国で言えば、宰相が軍の総司令官を脱走させるようなものですよ。自分に負担が降りかかるのも、組織が混乱するのも分かりきっていてそんなことするなんて」


【転生しても名無し】

たしかに、そういえばそうだよな。バットにとっての利益はグイグイ出世するブレイドがいなくなることとくらいだ

【◆軍師助兵衛】

ブレイドがいなくなった後の紅月隊（あかつきたい）を貰い受けることができるならそれはそれで利益だろう。実質ナンバー2とナンバー3の合併だ。組織の中で盤石とも言える地位を手に入れられるんだ、争うことなく

メリアの言うことも妖精の言うことも分かる。だが、人間は理屈以外で行動を決める傾向がある。僕はそちらに正解があると思う。

「バットがブレイドを疎んじているとか食い物にするとは考えていないんじゃないか。ククリ……バットは自分の娘をブレイドに預けている。それは、バットにとってはブレイドも家族という扱いになるはずだ。家族に対して不利益なことをしないんじゃない――」

「ちょっと待ってください！　そのククリってあの一緒にいる人ですよね!?　あの人、バットさんの娘なんですか!?」

ブレイドとの会話のことは、全てをメリアには伝えていなかった。ブレイドが長い間いなくなったら、ソーエンでの立場はどうなるのかを心配していたメリアに「ブレイドは出奔する」ということを伝えただけだった。だが、ククリがバットの娘だということを知ったメリアは険しい表情をして、

「なんでそんな大事なことを教えてくれないんですか!!」

と、僕に対して大きな声を上げた。

「悪人が自分の娘をあてがうなんてのは、相手を油断させるためか、寝首をかく場合だけですよ！　こんなの世界共通です！」

「だが、ククリは意図あってブレイドにあてがわれたことを本人に伝えている。ならば、寝首をかくことなんて」

「そんなの全部信じようとしないでくださいよおおお!!　どうしてあなたは優秀なのに変なところ間が抜けているんですか!!　ソーエン的な言い回しをすると『頭に虫でも湧いとんのか！』ってヤツですよ！」

虫は湧いていない。似たようなものはいるが。

【◆野豚】

上手いこと言うねえｗｗｗとか言ってる場合じゃない!!
俺たちもどうかしてた!!
あのバットとか言うのが信用できないクズだって知ってたのに！
【◆軍師助兵衛】
いや、そもそもあのククリって女がホラ吹いてる可能性だってあるぞ
ホムホムが可愛いから喋ったなんてそれこそ胡散臭い
【転生しても名無し】
もう誰が本当のこと言ってるのか分からねえええええ!!
そもそもククリって本当にバットの娘!?

「と、とりあえずブレイドさんです！　最悪の場合、あの人の命が」


そう言って、メリアが部屋から出ようと扉を開けたその時だった。

部屋の前には武装した男が待ち構えており、その手がメリアに伸びた。

僕は剣を鞘から抜き放って投げつける。メリアに男の手が触れる寸前、剣の刃が男の腕を切り裂いた。男が痛みに怯んだその瞬間、僕はメリアを押しのけた。視界に飛び込んできたのは同様に武装した男がさらに三人後ろに続いているという状況だ。

男達と目が合うが、僕はためらうことなく――

「薙ぎ払え！　《ライトニング・ブレイズ》!!」

魔術回路を最大稼働させて放出した魔力を広範囲に拡散し薙ぎ払った。目の前にいた男達は魔力の熱で全身に大やけどを負い、煙を立ち上らせながらその場に倒れた。


【◆マリオ】

すげえ！　広範囲攻撃だ！

ホムホムこんな魔術使えたのか!?


いや、こんな魔術は搭載されていない。

だが、ブレイドとの戦いの中で、思いの外、《ライトスティンガー》に応用が利いたこと。そして、この戦闘能力の高いソーエン人の集団相手に剣で戦うのは困難であること。

これらの理由から咄嗟に編み出した魔術だ。

そんなことよりも、今の状況の分析だ。

僕達は監視されていた。いや、最初から襲撃する予定だったかもしれない。ククリの「人と関わって生きていくなら常に警戒しておけ」という言葉を思い出す。それと、メリアが予測した状況をあわせて判断すると、

「ブレイドさんは裏切られたんです……こんな海の上では助けも来ないし、殺されて海に捨てても誰にも分からない……そして、おそらく私達はブレイドさんの側の人間としてまとめて処理されるでしょう」

メリアの結論は概ね僕と同意だった。

船室の扉を蹴破り、甲板に出た。大きな篝火が複数焚かれ、船全体が照らされていた。そして、武装した男達が僕らを大きく囲むようにして待ち構えていた。

その数、およそ三〇人。

僕から数歩遅れるようにして、メリアがついてきた。メリアは周囲を囲む男達を見て、明らかに竦んでいる。

「ほほう。本当にいい腕をしているな。ウチの若い衆を蹴散らしてくるとは。アイツら異国の女ごときと油断していたかな」

やはりというべきか、声の主はバットだ。船首楼の上から僕達を見降ろしている。

「何の真似だコラァ……ブ、ブレイドのアニキに断り入れてのことかぁ……アアン………？」

メリアの声は震えており、波の音に消え入りそうなほど小さかった。だが、バットにはしっかりと聞こえていたらしく、高笑いを上げる。

「フハハハハ!!　貴様らなんぞもののついでに過ぎん。目障りな小僧を始末する計画のな」

僕はメリアを庇うように前に出て、バットに問う。

「ブレイドは強い。頭数揃えたくらいでどうにかなるような相手じゃない」

ブレイドと剣を交えていて気づいたことだが、ブレイドはどちらかというと多数を相手取るのに重点を置いた技量の持ち主だ。一対一で使うには長過ぎる大太刀。アレは本来、複数の敵を一気に斬るために作られたもののはず。それに周りを囲んでいる男達はブレイドはおろか、サザンカにいたブレイドの部下である紅月隊と比べても個体の能力は見劣りする。

　ブレイドさえ出てくればこの状況は打破できるはず——


「グハハハハハハハハハ!!　たしかに絶好調の小僧を殺すには一〇〇の兵でも足りんだろうな。だがな、船酔いをしてボロボロの小僧を殺すのならば、この人数で十分だ。アイツの船嫌いは筋金入りらしいからな。調べたところ、ここ五年間で船に乗った回数はたったの一回。ソーエン国内の沿岸の揺れが少ない海を進む船で三日三晩吐き続けて、帰りは無理やり陸路で山越えして帰ってきたらしいぞ」

　バットは脂の詰まった自分の腹を抱えて大笑いしている。僕は昼間の青白い顔面をしたブレイドの姿を思い出した。まさか、そこまで重症だったとは……

「貴様らには感謝しているよ。どうやってあの小僧を一人で海上に引っ張り出すか考えていたところに、国外出奔なんていう誘いをかけてくれるなんて、まるで運命の女神様達だ」

　バットの顔に歪んだ笑みが浮かぶ。

「だが、この策も特に必要なかったかもしれんな。あの荒事にしか興味のない小僧がワシの娘にあそこまで骨抜きにされるのは予想外だったよ。今日も酔い止めの薬と称して眠り薬を呑まされていたらしいぞ。愛しい女の手で安らかな死をくれてやるのはせめてもの情けだな」

「やっぱり……！　テメエ！　自分のガキを暗殺の道具にしやがったな!!」

　メリアが激高する。初めてメリアのソーエン語の口調と感情が一致した気がする。

「ガキね……お嬢さんのおウチはどうかは知らんが、我が家とは教育方針がえらく異なるようだ。

まず、第一にワシはアイツに娘としての機能は求めておらん。亡くなった母親の代わりに助平なお偉方や邪魔者どもを片付けるための人形として手元に置いておいただけだ。それに子はなあ親のために尽くすもんだ！　あのブレイド・サザンを手玉に取って、その寝首を掻けるだなんて名誉なことじゃないか。『素晴らしい仕事を与えていただいて、ありがとうございます、父上』とか言われても良いんじゃないか？　ああ、楽しみだなあ。ククリが小僧の首を掻き切ってワシの前に持ってくる瞬間が！」

バットのその言い草にメリアは憤り、歯を食いしばりながらナイフを鞘から抜いた。無茶だ。メリアの力では此処にいる男達から身を守ることすらできない。

「怖い目だ。やはりオシオキが必要なようだな。お前ら、その金髪のガキは好きにしていいぞ。壊さねえ程度に可愛がってやれ」

バットのその一言で、男達の視線がメリアに寄せられる。濁った汚い感情を表情に映しながら男達はじわりじわりと距離を詰めてきて……一人の男が僕達の後ろ側からナイフを持って飛びかかってきた。

【転生しても名無し】
ほむほむーーーー！　後ろ!!

わかっている。

僕は振り向きざまに剣を縦に振るった。男の頭頂部から股間にかけて僕の剣は走った。大量の血を甲板にぶちまけて男は絶命した。僕は返り血が付いた顔でバットを睨んだ。すると奴は、顔を強張らせ三歩後退した。

「ふ……ふん！　思った以上にやるな。あの小僧が気に入るわけだ。忌々しい目をしやがる！　あの娘は四肢の腱を切ってやれ！　殺すんじゃねえぞ！　身動きできなくしてワシ自ら嬲ってくれるわ!!」

下卑た笑みを浮かべるバット。どうも、僕は悪党の欲望の対象になりやすいようだ。アマルチアでもそうだったし。

それよりも多勢に無勢だ。メリアを守りながらでなくても、ソーエンの戦士を三〇人相手取って勝てる見込みはない。その上ここは海上、逃げ場もない。

どうすればいい……

【転生しても名無し】
とりあえずバットをやっちまえ！
頭を潰せば交渉の余地が開けるかもしれん

同様の内容の文字列が続く。結局それしかないか……

僕は足に力を込めて一足飛びにバットに飛びかかる。

それを防ごうと男達が僕をめがけて突進してくる——と思ったが、男達は動かない。予想外だが、それならば遠慮なくバットに剣を叩き込むだけだ。

剣を両手で握りしめ、上段に振りかぶり叩き下ろした。が、バットの傍にいた男が瞬時に立ちはだかり、僕の剣を自らの剣で受け止めた。鍔競り(つばぜり)合いの状態になり、僕は全身の力を使って押しきろうとするが、相手はピクリとも動かない。しかも、相手は片手で剣を握っており、平然とした顔でいる。

「ワシの側近を舐めるなよ。この男はな、五年前まではソーエン国最強の戦闘部隊である金龍隊に籍をおいていたのだぞ。あの小僧よりはるかに格上ということだ!!」

勝ち誇ったように言い放つバット。確かに、目の前の男は……強い！

僕は剣を引き、右手に魔力を充塡する。先程、船室内で試したように広範囲の攻撃を、後ろにいるバット諸共食らわせてやる。

「薙ぎ払え！《ライト——》」

「キエエエエエイィッ!!」

僕の魔術が発動する直前、側近の男による目にも留まらぬ斬撃が襲いかかった。一撃目は僕の右肩に。二撃目は左の二の腕に。三撃目、四撃目、五撃目は僕の胸元を切りつけた。

切りつけられた箇所から血が吹き出す。

僕は咄嗟に後ろに飛び下がったが、力の加減ができず、勢い良く飛びすぎたせいで転がるようにしてメリアの傍に戻ってきてしまった。

「クルスさん!!」

メリアが膝をついた僕に駆け寄るが、僕の血を見て青ざめる。

深手ではない。少しすれば自然治癒できるレベルの損傷だ。

だが、先の一合で僕と側近の男との戦力差が明らかになってしまった。僕では勝てない。これまで自分が成長した分を加味してもだ。

バットは僕達の追い詰められた様子に満足しているのかニヤニヤと笑みを浮かべて舌なめずりをして、言い放つ。

「やれ」

その言葉が引き金となって男達は武器を持って突進してきた。


【転生しても名無し】

うわあああああああああ!!　ホムホムぅ～――――!!

【転生しても名無し】

逃げてくれえええええ!!


妖精達の文字も阿鼻叫喚となっている。だが、どうすることもできない。せめて、魔力を全解放して少しでも道連れに――

「ヤケになるなよ。クルス」

声は僕の真下から聞こえてきた。

そして次の瞬間、目の前の床板が爆発するようにはじけ飛んだ。予想外の出来事に突進してきた男達の足は止まり、一様に退いた。

僕の目の前の床には大穴が開いている。

数瞬の沈黙の後、その穴からヒョイッと飛び出してきた影は僕の目の前に仁王立ちした。

「破れかぶれになるのは早すぎるぜ。勝敗なんてのはちょっとしたことでどっちにでも転びうるんだからな」

彼は極めて涼やかな表情で僕にそう言った。一方、バットは遠目で見て分かるほどに取り乱し始めた。

【転生しても名無し】

キ、キ、キ、キタ―――――――――――――!!

【◆オジギソウ】

ヤバイ……胸が高鳴りすぎて、控えめに言って死にそうなんですけど!!

【◆バース】

絶対的エースで頼れる主砲のご帰還や!!
【転生しても名無し】
勝ったな
【転生しても名無し】
→ああ

右半身がむき出しになっている彼の背中には力強く牙を剝いたドラゴンのタトゥーが露わになっている。愛用の長い大太刀を鞘から抜いて、声を上げる。

「ブレイド・サザン、只今参上!! この俺に喧嘩を売ってくれるだなんて、流石は兄貴。商売上手だねえ。お望み通り全部買ってやるよ」

「ブ……ブレイド! 貴様、ど、どうして……」

「どうして生きているのかって? むしろオレが聞きたいね。なんでオレが死んでいると思ったのかなあ?」

バットを挑発するようにブレイドが言うと、バットは血管を浮かび上がらせて地団駄を踏む。

「おのれ! ククリめ! 殺り損ねおったかあ!! 使えぬ人形が――」

「おっと、ククリはヤリ損ねてないぜ。むしろ、さっきまでヤリまくりだったぜ。お父さん」

ケラケラと笑うブレイド。

次の瞬間、穴からもう一つの影が飛び出してきた。その影は赤い華のように髪や衣服を翻しながら静かに甲板に舞い降りる。艶やかな衣装とは裏腹に禍々しさを放つ大型のナイフを両手に携えているその姿は戦闘民族の名のとおり。

メリアは彼女がブレイドのそばに寄り添うようにいることに驚いていた。

だが、僕は驚かなかった。

彼女が、ククリがブレイドを裏切ってバットに与することは無い、と疑わなかったからだ。

【転生しても名無し】
ククリさんもキターーーーーーーー!!
美しい！　美しすぎます！
【転生しても名無し】
エチエチやん！　こんなんエチエチの実の能力者やん！
【転生しても名無し】
まろび出るような豊満な双丘！
深いスリットから覗く瑞々しいおみ足！
うっかり吸い寄せられるようなお背中！
目のやり場に困っちゃう！　目が足りねえ！
【◆江口男爵】
諸君。私は戦闘が大好きだ。
女戦士が露出の多い扇情的な衣装でパンチラ胸チラ気にせずに戦うのが好きだ
攻撃を受けて、服が破れ微エロ状態になった時など心が躍るこんな時にもブレないな。いや、妖精達がこんな軽口を言えるくらい状況は改善したということか。

「ククリ!!　小僧を殺せずじまいでよくワシの前に顔を出せたな！　今すぐにでも殺れ!!　刺し違えろ」

バットの怒声に対して、ククリは鼻でフッと笑って返した。

「父上様。本当にあなたは頑迷で蒙昧な方ですね。いったい、いつから私があなたの味方だと思っていたんですか？」

「………………なるほどな。ほだされおったか。よほど可愛がってもらったらしいな」

「ええ。それはもう素晴らしいお点前でしたよ。あなたにあてがわれた男達や……あなた自身とは比べものにならないくらい」

ククリはナイフを持った手で口元を隠しながら、言い放つ。周りの手下達もバットに対して欺瞞の目を向ける。バットはうっ……と声を上げる。

ブレイドは腕で首元を引っ掛けるようにしてククリを抱き寄せた。

「兄貴。ククリは形見代わりに頂いておく。心置きなくあの世に行ってくれ」

そう言うと、ブレイドは目を見開き、口角を上げた。

笑みの中に憤怒や殺意を押し込めた凄絶な表情で、周りの男達を圧倒した。

「誰から殺して欲しい？」といわんばかりのブレイドの眼光は凶器の一つだ。不甲斐ない自分の部下達に苛立つバットは、感情を叩きつけるように怒鳴り散らした。

「黙れ!!　糞ガキが!!　船にまともに乗ることすらできない半端者が偉そうな口を叩くんじゃねえぞ!!」

　バットは後ろに下がりながら手を薙ぎ払うようにして命令を放つ。

「殺せ!!　娘どもも小僧もククリも皆殺しにしてしまえ!!」

　バットの手下達は戸惑いながらも武器を構えた。まず、口火を切ったの四人の槍を構えた男達だ。一斉にブレイドに向かって槍を突き立てようとするが、ブレイドは踊るように全ての攻撃を躱し、太刀を振るう。

　すると、全ての男達の両手首は槍を持ったまま床に転がった。

「ば、バカな……！　貴様船酔いは」

「あぁん？　それどこ情報だよ？　まさか、俺がククリに吹き込んだホラ話をこの期に及んで信じてるんじゃねえだろうな」

　バットは口をつぐむ。どうやら図星だったらしい。

「兄貴にはガキの頃からいろいろ教えてもらっていたが、一番タメになったのは『情報を制する奴が戦場を制する』ってやつだな。もっとも、それを当の兄貴が出来ていないってのはお笑い草だが」

　ブレイドは剣を振るって付着した血を払う。そして、切っ先をバットの側近の男に向ける。

「元金龍隊序列二十三位。旋毛風（つむじかぜ）のダグ。酒に酔って市民を殴り殺して除隊……だったか？　兄貴のところに再就職するなんて、酔いが醒めてねえんじゃないかい？」

ダグと呼ばれた男は口を歪め、剣を持っていなかった方の手にも短めの剣を持つ。二刀流というやつか。つまり、僕を先程切り刻んだ時はまるで全力でなかったということだ。もはや、奴の強さは僕が推し量れるレベルをはるかに上回っている。

だが、ブレイドは一切の警戒もなく前に歩き出す。

「クルス。いい機会だからじっくり観察しておけ。超越者同士の戦いってやつをよ」

そう言ってブレイドはゆっくりとダグに向かって歩いていく。ダグは片足を軽く宙に浮かせ、跳ねるようにして間合いを詰める。じわりじわり、と二人の距離は短くなり、ブレイドの太刀の間合いに入った。

しかし、ブレイドは剣を振るわない。

更に距離は詰まり、ダグの短い剣の間合いにあと一歩で入るといった時にお互いに動きを止めた。

周りのバットの手下達も緊張の面持ちで沈黙している。その時、高波を受けて船が傾いた。ブレイドが軽くのけぞった瞬間、ダグは、

「キエエエエエエエエエエ!!」

甲高い雄叫びを上げながら超高速の剣技をブレイドに向かって放った。

ブレイドはその全てを鍔元の刃で弾く。間髪容れず、ダグは滑り込むようにブレイドの側面にまわり、脇腹を目掛けて突きを放つ。ブレイドはゆらりと体を揺らしながら避けて、距離を取ろうとするが、ダグの追撃は終わらない。

やはり、あの大太刀は近距離の戦闘において不利だ。

僕は加勢するべく、剣を床に突きながら立ち上がるが、ククリに制される。

「一対一の立合いに横槍を入れることはご法度です。そのような真似をすればあなたがブレイド様に斬られますよ」

「この戦い……ブレイドが不利だ」

「心配ございません」

ククリは断言する。ブレイドは相変わらず防戦一方だ。ダグの高速で力強い剣技を受け止めるだけで——受け止め……きっている？

よく見ると、ダグの剣がブレイドの剣に衝突する瞬間、ダグの剣は壁に当たったかのように跳ね上がるが、ブレイドの剣は微動だにしない。回数が増えるほどにダグの弾かれた剣はフラフラと宙を惑うようになってくる。

「握りが甘いぜ。酒が切れて手が震えちまってるのかい？」

ブレイドの挑発にダグは、

「バカ力め……」

と吐き捨てる。

剣撃を受け止めて微動だにしないブレイドの剣を見て、ぞっとした。全身を使って放っているダグの攻撃を腕力だけで跳ね返している。剣と剣がぶつかった時の衝撃がそのまま剣を持つ手に走っているはずだ。ダグはまるで岩の壁に向かって剣を打ち込んでいるように感じているだろう。

「やっぱ金龍隊といえども、中退してりゃこんなもんか。イフェスティオではもう少しまともな相手と刃を交えたいもんだ」

ブレイドはそう言いながら右手で持った剣の刃を左脇に通すように構え、

「【刃は凶器に非ず……ただ己が身の狂気を映す鏡となりて、刹那の静寂に懸る】」

呪文詠唱？　いや、魔力は検知されない。だが、ブレイドから発せられる圧力のようなものが強まっていくのを感じる。

それを察知したのか、ダグは再び全力での一撃を放とうと、ブレイドの間合いに飛び込んだ。ダグの突きがブレイドの首元に届こうとしたその瞬間、ブレイドは上半身を巻き込むように捻った。

僕が認識したのはそれだけである。

なのに、ダグの体はピクリとも動かなくなった。


「蒼炎古流奥義(そうえんこりゅうおうぎ)――《懸り刹那(かがりせつな)》」

ブレイドがそう呟いたと同時に、ダグの体は肩口から反対側の腰にかけて切れ込みが入り、血が噴出した。

すでに目に光はなく、糸が切れたように死骸がその場に落ちた。


【転生しても名無し】

うおおおおおおお！　ブレイド超TUEEEEEEEEEEE!!

【◆アニー】

詠唱してからの必殺技とか中二心くすぐりすぎてヤバすぎなんですけど！

昔のアニメならテロップ出るやつだ！

【転生しても名無し】

ブレイド、アンタがナンバーワンや……


妖精達はブレイドの活躍に興奮冷めやらぬ様子。たしかに圧倒的な力だ。

場を沈黙が支配し、船体に打ち寄せる波の音が耳を打つ。その沈黙を破ったのもブレイドだ。

「さて、お目当ての相手とはもう切り結んじまったし、兄貴にはもう用がねえ」

ブレイドはパチン、と指を弾いた。

「殺せ」

その言葉と同時にバットの手下達は同士討ち？　を始めた。

正確には仲間を躊躇いなく殺す者と不意を突かれて殺される者に分かれた。

バットが何が起こっているのかわからない、といったふうに立ち尽くしていると、一方的な惨殺はすぐに終わった。

ブレイドは両目を掌で覆いながら、呟く。

「兄貴が俺のことを疎んじているのは知っていたさ。でも、ガキの頃からの恩や仁義もあるからさ、何もしてこないつもりなら見過ごしておこうと思ってた。だけど、絶対何かするに決まってるんだよなあ。だから、兄貴の手下に俺の息のかかったやつを紛れ込ませてたんだよ。相手を蹴落とすことに躍起になって、周りの人間を軽んじたアンタの落ち度だ」

「……なるほど。たしかにワシは歳を取りすぎたようだ。若造に講釈垂れられるなんざ、屈辱を通り越して痛快ですらある」

言葉どおりバットの表情から先程までの憤怒が消えていた。

「ブレイド、お前の言うとおりだ。ワシはたしかに周りの人間を軽んじておった。ワシの器は小さい。上を目指すためには遠くを見つめ続けるしかなかった。家族に対しての情の薄さもそこに起因する。ククリよ。今更父親ヅラしようとは思わん。その資格などないからな。だが、ワシはワシなりにお前を大切に思っておったよ。使い捨てようなどと思ったことは一度もない。誰にあてがおうとも、最後には必ずワシの下に戻ってくる。そのように仕組み続けた。失敗したがな」

ククリは歯噛みする。その表情には怒り以外のなにかがあるようにも見える。

「ブレイド。貴様はサザンファミリー、いやソーエンに収まるような男ではない。イフェスティオ帝国。結構じゃないか。あの国ならば貴様に足りなかったものを学ぶ機会もあるだろう。人智を超えた力を持つ魔族達がひしめく魔王軍。それを破るのは一介の剣士ではない。蹂躙に耐え、屈辱に泥を塗られ、それでも立ち上がろうとする人々を束ねる将こそが奴らを打ち破る。ワシの持論だ」

そう言ってバットは船首に向かっていく。身投げでもするつもりか。


【◆軍師助兵衛】

すぐきゃこ†ろせ

なんだ？　助兵衛の言葉が慌てていて乱れた状態で発せられている。これが意味することは

【◆軍師助兵衛】

今すぐ奴を殺せ！　後で説明してやる！


　僕は訳がわからないまま、床に転がっている槍を拾い上げ、バットに向かって投げた。槍はバットの首に突き刺さる直前、金属音を鳴らして軌道が変わり船の外に飛んで行った。なにか障壁のようなものに弾かれた？

　それを見たブレイドは剣を構え直す。バットは丸い体を震わせて爆ぜるように笑った。

「プッ……ククククク、アハハハハハハハハ!!　きわどかった！　きわどかった……がワシの勝ちだ！　小僧！　お前は詰めが甘い！　お前はワシから学んだと言ったな、『情報を制するものが戦場を制する』と。微妙に間違っているぞ！　ワシは『情報を制するものが世界を制する』と言っていたのだ。そこがお前の狭量なところだ。戦場など所詮局地的なもの。戦術など戦略の一要素に過ぎん！」

　魔力感知――拡大――

　これは魔力？　魔術が使えないソーエンに何故!?

「伏せろおおおおおっ!!」

　ブレイドが叫ぶ。僕は咄嗟にメリアの腕を掴んでブレイド達が飛び出してきた穴に飛び込む。直下はブレイドの船室。運良くベッドの上に落ちたおかげでダメージはない。

次の瞬間、爆風が船の上を駆け巡った。マストがへし折れ、ブレイドの部下もバットの部下も巻き込まれて吹き飛ばされ船外に消えた。

僕が警戒しながら穴から顔を出すと見晴らしが良くなった甲板の先にバット……そして二体の人影が奴の横に立ち並んでいる。

「ほう……アレが貴様の言っていた生意気な小僧というやつか」

「たしかにぃ。あの不意打ちに反応して指示を出しながら自身は剣一本で防ぎきるとかぁ、割とやるねぇ」

篝火に照らされたその二人の姿に僕達は驚愕した。

一人は灰色の肌に青い瞳。衣服を纏わず全身に魔術式を示す刺青が刻まれ背中には黒い四枚の羽根を生やしている。

もう一人は薄紅色の肌が巨大すぎる筋肉に押し上げられはちきれんばかりの頑強そうな肉体。右腕に鎖で繋がれた鉄球を巻きつけており、顔面の四つの目がぎょろりとこちらを凝視している。

人間とは異なる禍々(まがまが)しい容貌。そして尋常ならざる威力の魔術。それが意味するところは――

「魔族……だと!?」

ブレイドが声を漏らす。その声を聞いてバットが笑い声を上げる。

「ただの魔族ではないぞ。この方々は魔王直属の上位魔族！　マルート様とヴェニス様だ！　ククク、こういうことだよ、小僧。この世界は広いんだ！　人間だけが商売相手じゃない！　魔族様だって利害の一致さえあれば手を貸していただけるのだ！」

ブレイドの背に隠れていたククリがわなわなと震えている。

「お父様……！　そこまで……そこまで堕ちたのかっっっ!!　魔族と手を結ぶなど、もはやそれは人道に反するどころの問題じゃない!!　この世界を滅ぼそうとする奴らと何の交渉の余地がある!?」

ククリの怒りもどこ吹く風でバットは船の外を眺めてる。その視線の先には黒い船があった。その船上には魔物がひしめいている。

「いくらでもあるさ。魔王軍と人類の戦争は何百年と続いている。今更数十年程度で決着がつくことはない。ワシの寿命まで保てばそれでいい。それまでは楽しく過ごさせてもらうがね。上級魔族の後ろ盾を元にソーエンを我が物にしてなあっ！」

頬を裂くように上がった口角。欲望に取り憑かれ手段を選ばず生き足掻(あが)く様が滲み出たような表情はもはや人間の物とは思えなかった。

【◆軍師助兵衛】
さっきの達観したみたいな口振りは時間稼ぎだすまん。確証がないから、と判断が遅れた

いや……結果的に無事だったから問題ない。それよりも次の手を考えてくれ。この場を切り抜けたい。

【◆軍師助兵衛】

わかった

【◆マリオ】

俺も本気で口出すぞ。ゲーム感覚で悪いがゲームは得意だ

頼む。

マルートという魔族が口を開く。

「さて……バット。本来ならアイツらを殺すのは契約外だ。報酬は用意してもらえるんだろうな？」

「ハイ！　もちろんです！　小僧の手勢が紛れ込んでおったのは想定外でしたが、逆に邪魔者を一斉に処分できるというもの！　それに、稼ぎ頭を喪（な）くした哀れな妻子を囲って仕事をくれてやるのは上司の務め。クク……身寄りの無い女子供がどこに消えようと、咎める輩はおりますまい」

「それはつまり、俺の腹の中に収まろうが苗床になろうが構わないって事だなあ」

「勿論！　味見されますか？　ちょうど手頃なのがここにおりますぞ。いかがですか、人間の中ではかなり見目の麗しい娘たちですが」

ヴェニスの瞳がククリ、メリア、そして僕を凝視する。

「悪くないねえ。せっかく人間と手を組んだんだ。こういう愉しみも覚えて損はないよお」

ゲタゲタと笑うヴェニス。一方、マルートは表情を変えず、

「女子供より屈強なオスが欲しい。我が主人は脳を弄（いじ）る禁術の研究をしていてな。材料は頑丈なほ

うが良い。精強なるソーエンの剣士がか弱い幼子の喉を切り裂き、腸（はらわた）を引き摺り出す。見応えのある光景だろうよ」

と、淡々と語った。さすがのバットも相づちを打つのが遅れた。

【◆江口男爵】
俺が思っている以上にこの世界って性の乱れがひでえなあ
次から次へと……陵辱エロゲ展開も食傷気味だ
【◆ダイソン】
兵士を洗脳して内部からソーエンを潰す？
魔術ってなんでもありなん?!
【転生しても名無し】
遂（つい）に魔王軍と接触かあ。いよいよファンタジー戦記っぽくなってきましたね！
【◆バース】
お気楽なこと言っとる場合か！　敵は一撃でブレイドニキの部下を一掃したんやぞ！
負けたら死ぬより酷い目に遭わされるのは目に見えとるし、正念場や！
【◆野豚】
同感。ホムホム、そういう展開は俺たち望んでないから
勝ってくれ！

言われるまでもない。奴らを倒して、僕達はイフェスティオに――

「セアアアアアアッッッ!!」

咆哮とともにヴェニスの右腕の鎖に繋がれた鉄球が高らかに空へと打ち上がる。そして落雷のような速度と威力でまっすぐメリアに襲いかかる。

「メリアっ!!」

僕は咄嗟にメリアを突き飛ばす。かろうじてメリアは直撃を避けられたが鉄球は床を突き破って船の底にまで到達している。もし当たっていれば……

「バカか。せっかくもらえる報酬を木っ端微塵にするつもりか」

「加減が難しいんだよぉ。ま、その時はその時ってことでぇ」

魔族同士の会話は至って平然としたものでそれが奴らの余裕を窺わせる。だが、

「ビビってんじゃねえぞ。クルス。てめえ、コイツらよりよっぽどヤベエ相手と戦ってるだろうが」

ブレイドがニヤリと不敵な笑みを浮かべ、親指で自らを指した。なるほど。たしかにさっきの一撃の威力は凄まじかったが、ブレイドの斬撃に比べれば……

「そうだな」

「腹は括ったな。あの馬鹿力は俺が相手してやる。あっちの汚ねえ羽根つけている方を片付けてくれ」

「わかった」

【◆軍師助兵衛】
正解だ。各個撃破しかない。おそらくあの二人が突出して強いんだろう。奴らを倒せば勝てる
【◆マリオ】
さっきの爆風はあのマルートの魔術だろう。ホムホムのを見た感じだと、多分あれだけの魔術を放つには溜めや詠唱を必要とするはず
発射までに距離を詰められればなんとかなる
距離を詰めろ!!

了解した。


僕は床を蹴ってマルートに向かって駆け出す。

「バカが。人間の詠唱速度と一緒にするなよ。

『嵐の中に放り込まれた火の鼠よ。牙を伸ばし爪を研ぎ奮い立て。今汝は解き放たれん――』」

高速の詠唱でマルートの手の中の魔力が膨れ上がる。僕が間合いに入る前に放たれるだろう。ここは何とかして外さないと――と思考したその時だ。僕を追い抜いて何か小さな拳大のものがマルートに向かって飛んでいき――爆発した。

「グバアアアア!!」

それだけではない、詠唱を途中で遮られたマルートの蓄積魔力が暴発し、自らを焼いた。

「な、な、ナメテンジャネエ!!　クルスさん!!　ブットバッせえええ！」

下手なソーエン語……さっき飛んで行ったのは閃光石……一瞬の余裕もないというのに僕は振り向いてしまう。

怯えに顔を引きつらせながらも両足をしっかり踏ん張って立っているメリアがいた。そうだ、僕の背後にはメリアがいる。逃げ場はない。敗北は許されない。ただ前に進み勝利を手に入れる！

僕の体の奥底から漲る力が体を突き動かす。

「この……人間風情がアアアアアッ!!

殺してやる！　全身を引き裂いて頭から喰らってやる!!」

予想外のダメージに怒り狂いながらマルートはメリアを睨みつける。

だが、

「そんなことはさせない」

僕は両腕で振り上げた剣をマルートの肩口に叩き込む。すんでのところでマルートは手の爪で剣を受け止めた。しかし、剣の勢いに押されその場に膝をつく。

「メリアは殺させない。僕がメリアを守る」

「チ……図に乗るなあああああっ!!

【猛れ猛れ猛れ猛れ！　繰り返す我が念は加速する狩りの標!!】」

マルートの爪に魔力が宿る。すると五本の爪が伸びて太くなり、短刀のような形状に変形した。

両の腕の爪を振り回し僕に襲いかかるマルート。

凄まじい速度と重さを持った爪撃の乱打。先手は打ったのにすぐに守勢に回ってしまった。

だが、かなりのダメージを負っているようだ。上級魔族の戦闘力は超越者に匹敵する。そんな奴が怒りに我を忘れて襲いかかっているのに僕を仕留めきれない。

【◆軍師助兵衛】
その通りだ。奴の戦闘力はブレイドには比べ物にならない程低い。身体能力は高いが戦闘技術は拙く、攻撃も単調だ
本来魔術に特化した中～遠距離戦を得意とするタイプなんだろう
メリアの不意打ちが功を奏したな

【◆マリオ】
分かったか。ホムホム
こいつはブレイドには絶対に勝てない
なら、攻略法は簡単。お前がブレイドになれば良い

ブレイドに？　それは無理だ。僕にあれほどの身体能力も戦闘技術もない。

【◆マリオ】
例えだ！　例え！
要するに接近戦のエキスパートにコイツは勝てないってことだ！
接近戦のエキスパートがどんなものか。お前は知っているだろう？

……インプット――――していた！

僕はマルートの一撃を剣で上にかち上げた。しかし、マルートのもう片方の腕はふりかぶられておりすぐに僕の脇腹を襲うだろう。剣を握っている両腕は反応できない。勝利を確信したマルートの口端が上がった。

「くたばれえええええ!!」

マルートの爪が僕のガラ空きのわき腹に向かってくる。しかし、

「ハアッ!!」

ドゴッ！　と、肉と骨が軋む音が響いた。

「ゴ……ガフっっ!?」

マルートの口から液が飛び散る。僕の回し蹴りが脇腹に突き刺さったことによる痛みと呼吸困難によるものだ。

【◆マリオ】

上出来。最適解だ

「ヤアアアアッ!!」

僕は剣戟でマルートの急所を狙っていく。そして、剣が爪で受け止められる度、できた身体の隙を拳打や蹴りで打ちのめしていく。まるで目が見えていないかのようにマルートは僕の攻撃に対応できない。

【◆軍師助兵衛】
近接戦闘というのはとどのつまりジャンケンだ。突きには突きの、蹴りには蹴りの、それぞれ適した守りをしなければ防ぐことはできん
【◆マリオ】
ブレイドの恐ろしいところは攻撃速度や威力が凄まじいのもあるけど、それ以上に技が多彩に過ぎることだ。あそこまでは無理だとしても剣による斬撃と体術を合わせるだけでホムホムの攻撃パターンは累乗的に増加する。近接戦闘に不得手な魔術師が防ぎきれるもんじゃない
【転生しても名無し】
お前らすげえな！　以降、戦闘担当お前らでいいよ!!

　だが、これでようやく均衡状態。マルートは攻め手に欠けるといえど頑丈さは上級魔族の名に恥じないものだ。渾身の斬撃、もしくは全力の攻撃魔術を当てない限り、倒しきれない。
　しかも僕に押されていることがマルートを冷静に戻しつつある。奴は僕の攻撃を受けながらも距離を取ろうとし始めている。

【◆軍師助兵衛】
距離を取られると厄介だ。特に奴には翼がある
上空に逃げられたらブレイドでも手を出せない

だから、策を授ける

「超越者……と呼べるほどでもないが、目障りだ！」

襲い来る爪撃を剣を横にして受け止める。

両腕を上げたマルートの腹部は無防備。すかさず、前蹴りで――

【◆マリオ】

違う　誘われ――

マリオの言葉がよぎったその時、僕の蹴りはマルートを後方に弾き飛ばしてしまっていた。奴は苦悶の表情を浮かべながらも口を三日月のようにして笑っている。それが意味することは……マズイ。距離を詰めなくては――

僕は床を蹴ってマルートの間合いに飛び込もうとした、その瞬間、

ドッ！　ドッ！　ドッ！

「…………っ！」

鈍い音とともに僕の体に衝撃が突き刺さった。目の前のマルートは僕に向かって右腕を突き出し

ている。攻撃魔術は発動されていない。が、奴の手にあるはずの刃のような爪が…………無い？

「クルスさんっっ!!」

後方からメリアの叫び声が上がる。嘲笑うようにマルートが口角を上げる。

損傷甚大。状況確認――――マルートの視線の先を追う様に首を下げていくと、爪が僕の胸や腹に突き刺さっているのを目の当たりにした。


【転生しても名無し】

うわあああああっ!!　ホムホムっ!!

【転生しても名無し】

ヤバイヤバイヤバイ!!

【◆オジギソウ】

大丈夫!?　ホムホム!?


完全に虚を衝かれた。あの長い爪が接近専用の武器だけではなく射出武器だとまでは予想できていなかった。

「ククク！　侮ってもらっては困るな、人間！　俺が良いようにやられていただけだと思ったか？　痛みと屈辱に耐えながら貴様を確実に葬る算段を練っていたのさ。さて……三つの急所を貫かれたその脆弱な肉体はあと、何秒持つのだろうなっ！」

マルートは僕に突き刺さった爪を蹴ってさらに押し込む。血飛沫が上がり、僕の足元に血溜まりができた。

「チィッッ！　何やってんだ！」

ブレイドの舌打ちと怒声が離れた場所から届く。続いて聞こえてくる激しい金属音や木材が砕ける音がヴェニスとの激闘を物語っている。先刻のようにブレイドに救出してもらうことは望めない。

「クルスさん！　逃げてえええええっ！」

喉を切り裂かんばかりのメリアの絶叫。そして駆け寄る足音。マルートはふと視線を外し、僕の後方を見て哄笑（こうしょう）する。

「ハハハハッ。仲睦まじいことだ。人間というものは見てて飽きん」

マルートの指がゆっくりと持ち上がり、メリアに向けられる。

「あのメスがくたばれば……お前も泣き叫んだりするのかな？」

ねっとりと舌舐めずりするように囁くマルート。メリアを撃ち殺し、亡骸（なきがら）を僕の眼前に叩きつける……そんなところだろうか。その光景を想像させて、僕の表情が歪むことを期待しているのだろう。だが、僕はホムンクルス。挑発に乗って思考を放棄するような激情に駆られることはない。

マルートは期待どおりの反応が得られない事に不愉快さを滲ませて、指先に魔力を集中させ始める。


【◆与作】

ホムホム動けえええええ！　動いてくれええ！

【転生しても名無し】

え、マジやめて。メリアちゃんの死ぬとこなんか見たくない
【◆野豚】
何か無いの？　怒りがきっかけで隠された力が目覚めるとか！

そんなものはない。
僕は量産型の兵器、ホムンクルス。人間のように感情の起伏が戦闘力に影響を与えることはない。
人間ではない。人間を模した兵器。僕が「生きる」という目的を得て、ここまでたどり着いても
その事は揺るぐことがない事実。

だけど――――

「問題ない」

メリアに指を突きつけていたマルートの腕は吹き飛ばされるようにして宙に舞った。

何が起こったのか分からないのだろう。マルートが硬直した表情のまま僕の方を振り向く。
瞬間、僕は奴の腕を切り飛ばした剣を逆手に持ち変えて腹部から脚にかけて大きく切り裂いた。
黒い血が吹き出し、僕の体に張り付く。
「グバアアアッ！　ば、バカな……」

「でやあっ!!」

剣を切り返し、さらに右足を切断した。

「ヌガアアアア！！　き、急所を貫いたハズ……どうして……」

悲鳴を上げながら混乱しているマルートに僕は自分の傷口を指差して告げる。

「ここは生き物の急所だろう。内臓を貫かれれば普通の生物は活動を止める。だが、僕は思考回路の発する危険信号を無視すれば運動能力を奪われる類の損傷以外はある程度無視できるみたいだ」

【転生しても名無し】
ホムホム△△△

【転生しても名無し】
焦ったあああ！　心臓に悪すぎるぞコノヤロー！

「お前達の敵は生物だけに限らない。目論見が甘かったな。上級魔族サマ。ねえ、いまどんな気持ち?」

「チイイイイイッ!!」

マルートは背中の翼を羽ばたかせ空に逃げようとする。だが、僕の真上二メートル程に上がったところで、動きは止まる。

「なっ!?　これは!?」

マルートの残っている左脚の足首にキラリと光る線が僕の剣の柄から伸びている。

魔術繊維の糸だ。フローシアからもらった服の一部を解いて作っておいた。ちょっとやそっと引っ張った程度では切れやしない。


【転生しても名無し】

ああ、なるほど。珍しく饒舌(じょうぜつ)に敵に喋りかけていると思ったら意識そらすためか！

煽り方まで身につけちゃって、ホント出来る子！

【◆マリオ】

かかった！　決めろ！

【◆まっつん】

がんばえええええ!!　ホムホムううううう!!


僕は剣を思いきり床に突き立てる。空中でバランスを崩したマルートを飛び越えるように跳躍し、頭上を取る。

「魔力蓄積――――全解放……！」

体内の魔力を拳に集中させる。青い稲光が僕の右腕を覆う。マルートは目を大きく開けて驚愕する。

「その魔術光に魔術式……それに先程の口振り……貴様、サンタモニアのホムン――――」

「貫け!!　《ライトニング・ペネトレイタアアアアアッ!!》」

僕は拳でマルートの頭を殴りつけ、そのまま魔力を放出した。

青い光条がマルートの脳天から股間を真っ直ぐに貫き、勢いは止まる事なく船の甲板、船底に穴を開けた。


【転生しても名無し】

やったか!?

【転生しても名無し】

フラグ立てんな！　ボケカス！


フラグ？　よく分からないが、「やった」のは確かだ。

マルートの身体は頭から股間にかけて消滅しており、残っていた部分も灰になっていく。僕は勝ったんだ。


「ハァーーーッハッハッハーーー!!　よくやった！　クルス！　めんどくせえ方を相手させたのに大したもんだ！　この戦い、勝ったぜ!!」

僕からかなり離れた場所でパンパンと手を叩きながらブレイドが哄笑している。ヴェニスがマルートを援護できないよう距離を離してくれていたのだろう。

「チッ……調子に乗んなあ！　テメエ、仲間を褒めてる場合かあ!?　テメエのなまくらじゃあ俺の身体にキズ一つ付けられないのによお！」

ヴェニスがブレイドを嘲笑うように吠えている。言葉の通り、ヴェニスの身体は無傷だ。

「すばしっこいのは流石だが、いつまで持つかなあ？　人間は脆弱だからなあ！　ああ、その前に船を沈めてやるのもアリだなあ!!」

ヴェニスは鎖についた鉄球を振り上げて船の腹を叩いた。バキバキッ！　と木が砕ける音とともに船体が大きく揺れる。僕やメリアはバランスを崩し、よろめく——が、ブレイドは微動だにしていない。それどころか、

「バカか。テメエ」


船の揺れが治った瞬間、ブレイドとヴェニスの間にあった一〇メートルほどの距離は無くなっていた。突如目の前に現れたブレイドにヴェニスは驚愕する。

「お前なんかそもそも眼中にねえんだよ。俺が気を配っていたのはあのコウモリ野郎に空飛んで逃げさせねえってことだけだよ。流石の俺も空は飛べねえからな」

「うがあああああっ!!」

ヴェニスの丸太のような腕がブレイドの顔面に襲いかかる。だが、ブレイドはそれを易々と片手で受け止める。

「飛べねえ豚は、地面に這いつくばってろ」

ブレイドの周囲を白い光が駆け回る。それは超高速の斬撃が発生させた残像。次の瞬間、ヴェニスの四肢が床に転がり、首と胴体だけになった。

「ブギュイイイイイッ！　ば、バカな!!　鋼より硬い俺の身体がそんななまくら刀にぃっ!?」

「目利きができてねえな。俺の愛刀『阿頼耶識（あらやしき）』は流星の破片を金剛石で何十年とかけて研ぎ澄ませた大業物だぜ。斬鉄なんざ朝飯前に決まってんだろ。切りあぐねるフリはストレスが溜まったぜ！」

そう言ってブレイドはヴェニスの頭に足をかける。

「そもそも俺とやりあう以前に、バットなんかに唆（そそのか）された時点でテメエらの命運は尽きてんだよ。ソーエン人は他国の人間に対して排他的だが、魔族にはそれ以上だ。魔王だろうが魔神だろうがソーエンの土に足跡をつけた瞬間、幾万のソーエン人が悪鬼となって喰らいに行く。事実、この三百年の間、貴様ら魔王軍が攻め込んできたのは数えるくらいしかねえ。そしてその全てを撃滅している。テメエらは絶対に手を出しちゃならねえところに手を出そうとしちまったんだよ。挙句……俺と兄貴の因縁に嘴（くちばし）突っ込んで、部下達を殺しやがって！　百回殺しても飽き足りねえ！　偉い魔族様なんだろ？　手足生やせよ！　首斬ったくらいで死ぬんじゃねえぞ！　立てっ!!　立ちやがれ鉄クズ野郎！」

炎が燃え上がるように強まる語気。容赦なく顔面を踏み荒らす足。そして凄絶な嗤（わら）い顔。全ての生物を威圧するかのように禍々しい容貌だったヴェニスは怯え切ってしまい何も反応できず為されるがまま。奴にもはや戦意は残っていなかった。

「ま、まってくれえ！　お、オレはもう戦えない！　そうだあっ！　お前のやりたいことにきょきよ、協力するから命だけは」

「いらねえよ」

一瞬でブレイドの顔から表情が消えた。目の前の生き物に対する興味を完全に失ったのだ。そしてまるで作業のように繰り出した剣撃がヴェニスの頭を粉々に叩き割った。

【転生しても名無し】
こ、こええ…………ブレイドニキが敵じゃなくて本当に良かった……
【◆野豚】
でも、これでひと段落かな
ホムホムもみんなもよく頑張った！　お疲れ様！

妖精達のねぎらう言葉で頭の中が溢れ返る。彼らは親身ではあるが恐怖感や危機感が人間に比べて薄いように感じる。人間だったら――

「く、クルスさん！　大丈夫ですかっ!?　お腹っ！　血ぃ！　ど、どうしたらっ！」

メリアが僕に駆け寄って慌てふためいている。そうだ。この反応が人間らしい。

「大丈夫だ。問題ない」

と応えて、僕は体からマルートの爪を引き抜いた。ダメージはかなりあるが、時間が経てば完全に治癒できるだろう。

メリアは大きく息を吐くと少し冷静さを取り戻した。が、キョロキョロと何かを探し始めた。甲板の上には剣を納めるブレイド。転がったヴェニスの死骸。海に弾き出されながらも自力で這い上がって来たブレイドの配下達――、

「ククリさん……は？」

メリアの言葉のとおり、船の上にククリの姿がなかった。

＊　＊　＊

ブレイド様とクルス殿が魔族との戦いを繰り広げている状況に紛れて船に逃げ込んだ父上を追っていた。

私が追ってきたことに気づくと、父上は船にいる魔物どもを私にけしかけた。魔物を使役してしまうその姿を見て、彼が本当に魔に属する者達に魂を売ったのだと思い知らされた。

襲いくる魔物達を私は片っ端から斬り殺した。愛用の二本の短刀も一〇の屍を積み上げたところで曲がって使い物にならなくなり、そこからは奴らの亡骸から得物を取り上げて殺し続けた。父上が私に授けてくれた戦闘術は魔物の雑兵が束になっても折れるものではない。

だけど、そのことに誇らしさや高揚感はなかった。褥の上で男達の唾液や体液に犯されることと魔物の返り血にこの身を染め上げられることは大して変わりはない。私の汚れは拭っても拭っても取れはしない。

船の最奥部にある鍵のかかったドアを力任せに蹴り壊した。部屋の奥には壺を抱いてうずくまっている父上がいた。

「ば、バケモノめ……」

「そうなることを望んだのはあなたでしょう」

顔をひきつらせる父上に私は歩み寄る。

「く、来るな！　この壺の中には大量の油が入っておる！　それ以上近づいたら火をつけるぞ！」

まるで勝ち誇ったかのように笑う父上。この人はいつもそうだ。自分以外の人間を見下して、自分の思い通りに動かないわけがないとタカをくくっている。全く以って、度し難い。

私は喚（わめ）き散らす父上から火を取り上げ、油の入った壺に投げ入れそれを船室の入り口に向かって蹴り飛ばした。壺は割れ、油についた火が瞬く間に広がっていく。

「き、貴様アアアアアァッ!!　気でも狂ったか!?」

「狂っていましたよ。とうの昔に。私があなたの人形だと気づいたその時から」

私は父上の胸ぐらを掴み上げ壁に叩きつけた。怯えながらも憎悪を絶やさないその瞳に映るのは血で汚れきった私の姿。

「父上……どうしてあなたは私にこんな扱いをしたのですか？　あなたならもっと上手くできたはずだ。言葉巧みに人を唆し、操り、陥れ続けたあなたならば……私を意志無き人形としてではなく、従順な娘として手駒にすることができたでしょう。どうして……」

私の腕に力がこもる。が、何かを言おうとしている様子を見て私はその力を緩めた。

「ハハ……ハハハハハハハ!!　娘、娘とな！　この期に及んでまだそんな甘い感傷を捨てきれぬとはな！　やはり貴様は出来損ないだ！　あの愚かな女のようにぃっ！」

ニンマリと笑う父上の顔は死を目の前にして開き直る男のそれだった。

「お前も薄々気づいていただろう。ワシの人形として数多の男の胤（たね）を注がれ続けたアレの子供にとって父親など誰か分かったものではない！　ひとつ言えておるのはワシではないということだ！　汚れきった人形など、汚らしくて触れたくも無いからな！」

心の臓を万力で締め上げられるような息苦しさが私を蝕み始める。

「まあ、アレの見目が麗しいのは確かだったな。攫ってきたアレの純潔を奪った日のことは良き思い出だ！　奴の涙が涸れるまで何度も何度も犯し続けてやった！　そうやって誇りをへし折ったアレをワシは人形として敵味方問わず様々な男に食らわせてやった！　クク……大評判だったよ。おかげでワシの地位は昇り竜の様に高まっていった。これはやめられんと思った」

やめろ……やめろ……

「だが、人形と言えども所詮女。老いればその価値もなくなる。故に代わりの人形が必要になる。お前を作ったのは、そういうわけだ。ヒヒヒ……良い花が咲く様に見目のいい男を取り揃えてな……一夜に何人も同時に掛け合わせた。ワシもその様子を見ていたが、アレは存外悦んでおったぞ！　そうやって産み落とされたのが貴様だ！　お前はワシの出世欲のおかげで生を授かったのだ！　アレの股座からひり出された瞬間から貴様は汚物が如く汚れきっていたんだよ!!　このアバズレが!!」

……やめろっ!!

私は手に込めた力を一気に引き上げた。何も鍛えていない脂身の様な首の肉を引き裂き、骨をへし折った。雨が止んだ様に奴の哄笑は止まる。

「っ……ふ……う、ふふふふ……………」

代わりに私の口端から笑いがこぼれ落ちていた。

なんてくだらない。なんて愚かで、なんて醜い。どうして私はこんな風にしか生きられなかったのだろう。

奴は父親どころか私の母を生き地獄に叩き落とし、私の運命を弄んだ鬼畜でしかなかった。汚れきった泥の沼にひとかけ残っていた情すらも失われてしまった。親子の愛情や絆なんて大それたものを欲しがっていたわけじゃない。ただ、自分の血が悪であるのならば、私が堕ちていくのも仕方なく、その血を絶やすことにも意義があった。

けれども、実際は私の血はあの鬼畜に操られた憐れな人々のものだった。犬死に、というのでしょうか。なんて間抜けなこと。

その場に尻餅をついた私は火が燃え広がるさまをぼんやりと眺めていた。

綺麗……そういえば、あのお方が私の髪を撫でてそんなことを仰ってくださったこともありましたね。癖の強いこの髪を業火のように綺麗だと笑みを浮かべて鼻を埋めて。それまでの人生で私を綺麗だと言ってくれた人は沢山いたけど、あのお方の口からこぼれた綺麗という言葉だけが私にとって綺麗だった。

自らの命を狙っているのだと悟りながらも傍に置かれた。

「寝首をかかれるようならかかれる奴が悪いのだ」と。

汚れた過去を知りつつも生娘を扱うように優しく丹念に抱いてくださった。

「お前はもう他の誰にも触らせない」と。

私が父だと思っていた男を返り討ちにしようとした時も私に断りを入れてくださった。

「お前の父を斬るのは俺だ。憎むのなら俺を憎め」と。

申し訳ありません。ブレイド様。私はあなたの気遣いに唾を吐いてしまいました。

頰に涙が伝うのを感じた。ああ、私にもまだ涙は残っていたんだ。

炎がさらに勢いを増し、空気が熱くなっていく。この船はもはや火だるまのようになっていることだろう。

ここで死ぬのは悪いことではない。いけ好かない女中の言葉どおりになるのは癪(しゃく)に障るが私がいなくなることで片付く問題もある。

この抗争を勝利したブレイド様はサザンファミリーの筆頭幹部、次期家長は当確したようなもの。いや……魔族がソーエンに目をつけているのであればソーエンの民は魔王戦争に積極的に参戦していく。その中であのお方が大将軍として兵達の先頭に立ち快刀乱麻の活躍をするだろうことは想像に容易い。そんな歴史に残る英雄の傍にこんなアバズレがいてはならない。真っ当な家に生まれ、清く正しく育てられた淑女にでもお世継ぎを産んでもらうべき……ああ、それはそれで妬ましいな。

炎がすぐそこまで迫っている。この炎が私を焼き尽くし、あの方にまとわりつく汚れは浄化されるのだ。

「ブレイド様……武運長久をお祈りします」

祈る、だなんて無為な行為だとずっと思っていました。だけど、あなた様のために祈りを捧げることはとても清々しく心が洗われるようです。救いようのないこの人生に光を与えてくださった。そのご恩を返せなかったことだけが、心残り――

「でやあああああああっ!!」

咆哮と共に燃え盛る天井を貫いて私の目の前に……あのお方は降臨された。

「あつっ……なかなか愉快な場所でくつろいでるじゃねえか。俺に断りもなくよ」

……バカな。

「あ……あああ……ああああああっ!!」

バカなバカなバカなバカなバカな!!

ブレイド様! 何故あなたがこんな――

「くだらねえこと喋るヒマねえぞ」

ブレイド様は私の背中に手を回し抱きすくめた。

「説教は後回しだ。今は祈っておけ」

「な……何を?」

ブレイド様は答えず、不敵な笑みを浮かべた。

＊　＊　＊

眼下に見える魔王軍の船は既に炎に包まれている。先程とんでもない跳躍で船に突入したブレイドがどうなっているのか、ここからは見当もつかない。

【◆まっつん】
時間が無いぞ！　早くぶちかませ！
【◆体育教授】
ハンマー投げのコツは膝を使った遠心力を最大活用する安定した回転
ハンマーの軌道が描く円の接線が軌道となる
その接線の接点はハンマーのリリースポイントだ
【転生しても名無し】
ターゲットまでおよそ二五メートル
直径二メートル以内なら誤差の範囲だろう
つまりリリースポイントは前後五度弱は余裕がある。落ち着いていけ
【◆軍師助兵衛】
タイミングを外したらただの水葬だからな
ミスるなよ

ああ、分かっている。

僕はヴェニスの死体に奴の使っていた鎖を巻きつけ、その両端を手に握っている。ヴェニスの身体は鋼のような強度を持っていただけあって相応の重量がある。これを二五メートル向こうの船、しかもブレイドのいる場所に向かって投げ入れなければならない。

つくづく妖精達は無茶を言ってくれる。まあ、その作戦に乗ってしまう僕やブレイド、それにメ

リアも無茶苦茶なんだろうが。

「行くぞ。メリア、下がっていろ」

「ハイ！」

　僕は鎖を引きしぼり、自らの身体ごと全力で振り回す。ヴェニスの身体が浮き上がり、その遠心力が僕の肩や腕を引き抜こうとしている。だが、それを堪え両足を軸に回転速度を上げる。

　そして訪れる一瞬――――鎖と、鎖で繋がれたヴェニスの死体が自分の腕の延長のように感じる瞬間が訪れた。


【◆マリオ】

今だ！


　僕は鎖を離し、燃え盛る船に向かってヴェニスを投擲する。

「ブレイドおおおおっ!!」

　僕は獣のように吠えた。船から勢いよく飛び出したヴェニスは見る見るうちに速度を落とし、下降し始める。

　だが――届いた！

　炎の塊と化した船の真ん中、ブレイドが飛び込んだ場所に寸分たがわず、鋼のようなヴェニスの死体は放り込まれた。

【◆軍師助兵衛】
第一段階は文句なし。あとは
【◆与作】
メリアちゃん頑張れえええええ！
【転生しても名無し】
全部君の肩にかかっているんだ！
【◆バース】
頼むで、神さま仏さまメリアさま!!

「メリアっ!!」

投擲の反動で床に転がりながら僕は叫んだ。

メリアは落ち着いた様子で閃光石を握り込んだ手にもう片方の手を添えるようにして頭上に掲げた。

次の瞬間、メリアは力強く左足を踏み出し、腕をしならせて閃光石を投げつけた。豪速の石飛礫(いしつぶて)は狙った船上を通過するかに見えた——が突如軌道が変わり、直滑降で先程放り込んだヴェニスを追撃した。

石が燃え盛る船に飛び込み見えなくなった瞬間、
バアンっ！　と閃光石が弾けた音がした。

【転生しても名無し】

すっげえ！　マジでフォーク投げやがった！　女子には難しいのに！

【転生しても名無し】

いや、あれはスライダーだろ？

【転生しても名無し】

ドロップも知らんのか……

【◆与作】

メリアちゃん、マジサイコー!!

【転生しても名無し】

あのか細い体の上、そこまで身体能力が高いわけでもないのにどうしてこんな芸当が……

【◆バース】

難しいことはええねん！　ワイらの常識で語ることがもはや無粋や！

ナイスピッチ！


メリアは立て続けに閃光石を投げ続ける。そのどれもが同じ軌道を描いて向こうの船に着弾する。閃光石が放つ爆発は船の壁面や床、マストなど燃える木材を吹き飛ばしていく。さらに生じた爆風が燃え盛る炎を散らしていく。助兵衛がいうには爆風消火という大火災を消火するための方策のひとつらしい。

爆発する閃光石を消火に使う発想は人間達の常識からも大きく外れているだろう。さすがは妖精達、ということか。

「どうですか!?」

船は半壊したが燃焼物を失い、炎も小さくなっている。少しずつこちらの船に近づいて来ているが煙が多くてよく分からない。

どうだ？　ブレイド……!?

僕は身を乗り出して目を凝らした。その瞬間、ヴェニスの身体に括り付けられていた鎖が僕の顔のすぐ横を通過した。

即座にそれを握りしめると、強く引っ張る力を感じた。

「ちゃんと摑んでろよっ!!」

煙の向こうから声が聞こえて間もなく、ブレイドがククリを抱えながら飛び出して来た。

【転生しても名無し】
さっすがブレイドニキ!!
不死身かこのヤロー!!

【◆軍師助兵衛】
ここまで策がハマるとはな

【転生しても名無し】
いやあ、ホムホムには悪いが超楽しかったぜこれにてミッションコンプリート！


いや……まだ終わっていない。

僕はブレイドとククリを手繰り寄せながら、次の危機について考えていた。

魔物達の乗っていた船は既に使い物にならないが、こちらの船もマストをへし折られ、操舵輪も破壊されている。さらには船員のほとんどを失った。つまり、自ら舵を切ることができないこの船は漂流するしかない。

僕はまだいい。機能停止しておけば、栄養補給の必要もない。だが、メリアやブレイド、ククリはどうなる？　水が尽きればどれだけの強者であっても人間は数日で死に至る。


【転生しても名無し】

ヤバイじゃん！

【転生しても名無し】

おちつけ！　トッキュー隊、海猿の出番だ！

【◆まっつん】
→お前が落ち着け。どこの海だと思っている
【◆野豚】

海難救助なんてまともにできるようになったの近代以降だからなあ

ブレイドとククリが船に戻って来た。だが、ククリの目に光はない。

「さて……と。一息ついたところで、質問だ。お前、なんでひとりでアニキを追いかけた。俺達があの鉄クズとコウモリを殺すのを待って一緒に追いかけても良かったはずだ。まさか、俺が負けると思ったわけじゃあるまい」

ブレイドがククリに詰問する。だが、ククリは俯いて答えない。その様子を見てブレイドのこめかみに青筋が浮かぶ。

「やっぱり……テメエ、死ぬ気だったな！」

ククリの着物の胸元を掴み、身体を吊り上げた。

「言い続けてきたよな。お前は俺の女だって。それが気に食わなかったか？　俺の女になるくらいなら死んだほうがマシだってか？」

「そんなこと……ございません……ただ私はあなたのお傍においていただけるような人間ではないのです。あの男に言われました。私はあの男の商売道具を補充するために、見目のいい男女をかけ合わせて作られたのだと。くく……まるで早馬や食用牛のように。私は人の皮を被った畜生です。もっと早くこの事を知っていれば、あなたにご迷惑をかけることなく命を断つこともできていましように」

自嘲気味に笑うククリに対して、ブレイドの堪忍袋の尾が切れる。

「テメエ……歯を食いしばれええええっ!!」

ブレイドは勢いよく拳を振り上げた――――が、

「あなたは頭が回るくせに感情的になりすぎる。それは非合理だ」

僕はブレイドの腕を掴んでいる。ブレイドは僕を睨みつけ、ククリを掴んでいた手を放し、代わりに僕の胸倉を掴む。

「感情的で何が悪い！　人間ってのはな、そうやって生きるべきなんだよ！　笑って！　怒って！　泣く！　お前が言う非合理ってのが人間らしさってヤツで人生の醍醐味ってヤツだ！　それをしないってことは死んでいるのと同じだ！」

たしかに、一理ある。僕はほんの少し前まで人間の複雑で脆い感情は生物的な欠陥だと思っていた。だけど、それは僕の情報不足による誤判断だった。

「……ククリ。あなたの境遇は理解できた。たしかに、あなたはバットに道具として造られた」

ブレイドの拳に力がこもる。だが、構わず僕は続ける。

「だけど、誰かのために造られた命だとしても、その命はあなたのものだ。あなたの好きなように使っていい」

僕の言葉を聞いたククリが顔を上げる。兵器だった僕に生きることを求めた妖精達がくれた言葉。ククリは生きることを望んでいない。ブレイドはククリに生きて欲しいと思っている。この構図はあの時の僕と妖精とのものとよく似ている。僕は未だ生きることの意味も意義も見出したわけではない。だけど、ククリは違う。

「あなたは命を捨ててでも守りたい人がいる。なのにその人が生きて欲しいと言っているのに拒もうとする。矛盾している。合理的じゃないし、きっと感情的でもないはずだ。だからその結論は間ら。

僕はハッキリと言い切った。この間違いを見過ごしてはならない。見過ごしたくないと思ったか違いだ」

「……チッ。よく口が回りやがる」

ブレイドは舌打ちをして僕を掴んでいた手を離し、ククリに向き合う。

「テメエの育ちが悪いなんざ百も承知だ。だが……俺と出逢ってからもロクでもねえもんだったか？　これから先が期待できねえくらい不安だったか？」

「そんなこと……ありません……ブレイド様……あなたが私の人生に光を照らしてくれた。あなたに出会えていなければ私は感情のない人形のままあの男に使われるだけでした」

ククリは自分の体を抱きしめるように縮こまる。小さな子供のように不安そうな顔でブレイドを見上げる。

「あなたが私を大切にして下さるから……私は自分を大切にしなければならないと思いました。だけど……分からないのです。さっきクルス殿は私が好きなように生きればいいと仰いましたが、思いつかないのです……あなたのこと以外、なにも」

そう言われたブレイドは驚いたような、痛がっているような表情を浮かべる。二人が何を考え、何を思っているのか僕には分からない。それは僕がホムンクルスだからというわけではなく、二人の間だけで適用されるルールが存在するからだろう。

ブレイドは右手でククリの顎を持ち上げるように掴む。

「なら簡単な話だ。俺のために、お前は生きろ。俺からお前を取り上げるな。ずっと傍にいろ。それだけ、守ってくれるならあとは俺が全部抱えてやる」

　ククリの目から堰を切ったように涙が溢れた。

「っ……私はっ……………よ、良いのですか？　あなたの嫌う類の悪事に手を染め…………日の当たる場所に出られないほど…………け、汚れた……この身でっ――――」

「抱えてやるって言ったろ。俺の進む道にお前はついて来い。そうすりゃ分かるさ。お前がどれだけ価値がある、幸せな女だって」

　自信たっぷりにそう言って笑うブレイド。ククリは震える手でブレイドの頬に触れる。

「誰よりも強く、懐の深い……そんなあなたを……お慕いしています……大それた願いですが、この身体も心も生命もあなたのために使いたい。あなたを輝かせ、幸せにしたい。それだけが私の望み。叶えさせて……くださいませんか」

「断るわけねえだろ……このバカ」

　そう言って、ブレイドはククリの唇に自分の唇を重ねて、押し倒した。


【転生しても名無し】

エンダアアアアアアアアアアアアイヤァアアアアアアアアアアアアアアウィルオオオオルウェイズラアアブユウウウウウウウアアアアアアアアアアアア!!

【◆オジギソウ】
→うるせえｗｗｗ
何はともあれ、よかったね……ククリさん

【◆ダイソン】
あー、ブレイドニキ見直したわ。もっと自己中で他人を大切にしないタイプだと思ってた
【◆湘南の爆弾天使】
腕っ節が強くて愛情深い。男の中の男だぜ
【◆江口男爵】
よし、ホムホム。ここからはじっくり観察だ。二人の一挙一動、特にククリの方を見逃すな。そして、何があっても止めようとするな

床でもつれ合うように身体を押し付け合うふたり。やがてブレイドの手がククリの着物の――

「クルスさん！　見ちゃダメです！」

僕の視界がメリアの手のひらによって遮られた。

【転生しても名無し】
おいコラ！　メリアあああああ!!　邪魔するな!!
【◆与作】
恥ずかしがりな風紀委員のようなメリアちゃん萌え
【◆湘南の爆弾天使】
おい、久々にキレちまったぜ……

「メリア、僕は観察したい」

「なに開き直っているんですか!?　あなたはそういうことに興味があるのかないのかどちらなんですか!?」

「そういうこととは？」

「い、い、言わせないでくださいっ!!　てか、ブレイドさんもククリさんも××××するなら隠れてしろや！　しばくぞ！　ワレ！」

騒ぐメリアにまとわりつかれながらも僕は彼女の手を剥がす。視界には船の外に広がる海が……………ん？

遠くに影……船か。誰が乗っている？

僕は床に転がしていた剣を拾うが、

「おい、まさか船が見えたか？」

ククリに覆いかぶさったブレイドが僕に尋ねた。そうだ、と答えるとブレイドは名残惜しそうに立ち上がる。

「早すぎるっつーの……思っていた以上にあのオッさん有能じゃねえか」

「おっさん？」

「お前らもよく知ってる奴だよ」

＊　＊　＊

「ハーッハッハッハーー！　クルス！　無事で何よりだ！」

バルザックは僕を抱きしめようと大きく両腕を広げて近寄ってきたが、ブレイドに腹を殴られてその場にひれ伏した。

「ご苦労。早すぎる以外は完璧な仕事だったぜ」

「へ……へえ……ありがたきお言葉……」

ブレイドはバットによる暗殺を予知していた。そこで秘密裏にバルザックに船を出港させていた。バットを退治した後、海上で船を乗り換えてそのままイフェスティオに向かうために。

「魔族連中が出張ってきたのはさすがに俺も想定外だった。お上にも影響力のあるサザンファミリーの大頭目が魔族と内通していたことは内々で収まるような問題じゃねえからな。然るべき機関に伝えるべきだろうが……」

「旦那。ソーエンに一旦引き返しますかい？」

「却下だ。今帰ったらこの件の対応に振り回されて身動きが取れなくなる。最悪、内通者を増やさない為に鎖国を強める可能性だってある。そうなったらイフェスティオに向かう船なんて出せねえぜ」

「それは困る」

「ああ。イフェスティオに行くのは俺も悲願だったからな。こんなことでチャンスをフイにしたくねえ。使いを出してそれで済ませてえが……手頃な人材がいねえんだよな。情報伝達と言っても魔族との内通なんてやべえネタを取り扱うんだ。それなりに頭がキレて、できれば直接お上とのパイプがある奴がいい。ファミリー内を経由すると途中でバットの息のかかった奴に握り潰されるかもしれねえ」

ブレイドは腕を組んで唸っている。そこにククリが船室から少女を連れて戻ってきた。

「よろしいでしょうか、ブレイド様」

ククリが連れているのは遊び部屋にいた少女だった。

「なんだよ。そいつらの処遇はさっき伝えたろ。小舟に乗せてソーエンに送り返すって。オッさんの手下もつけてやるから転覆の心配はねえ」

「はい。ですが、申し上げたい事がございまして」

ククリがそう言うと少女は一歩前に出て、

「……あの、バットの内通を知らせる件ですが、どうか私に協力させていただけないでしょうか」

ブレイドが目を細め、少女を見やる。少女は怯えながらもブレイドの目を見つめ返す。

「わ、私はロッド・ファーゴ……金鷹七家のファーゴ家の娘です」

「なっ……あの野郎、とんでもねえところまで手を出してやがったな」

僕はブレイドにその言葉の意味を問う。

「金鷹の目、と呼ばれるソーエンの治安維持組織がある。その組織の中枢にいるのが金鷹七家と呼ばれる名家でその嬢ちゃんはそこのご令嬢様ってことだ。そんなのが慰み者にされていたってことは……」

「はい……父を脅迫するために私はあの男に攫われました。父は脅しに屈せず、奴を告発しようとしましたが……」

少女の目に涙が溢れる。ククリが彼女の背中に手を置いてなだめる。呼吸を落ち着かせた少女は

眼光を強め、

「これは父の弔いです。そして、私もあんな卑劣な男に人生を狂わせられたまま泣き寝入りするつもりはありません。どうか、私に誇りを取り戻す機会をお与えください！」

とブレイドに訴えた。ブレイドはじっと少女の顔を覗き込んで、頭に手を置く。

「さすがはソーエンの女だ。テメエの思うように生きて、戦え」

荒っぽく頭を撫でられながら少女は強くうなずいた。

エピローグ

あなたに出逢えて

「ガーッハッハッハ！　三下かと思いきや中々デキる男じゃねえか！　気に入ったぜ、オッサン！」

「へへへへっ。これでも若い頃はアマルチアの若鯱（わかしゃち）なんて呼ばれちまうくらいには目立つ男だったんですぜ。海を駆け回っては冒険とロマンスの連続で――――おい！　酒樽追加だ！」


報告隊がソーエンに向かって出航したのを見届けると、すぐさま酒宴が始まり、ブレイドとバルザックは酷く酔っ払いながらデッキで同じ話を繰り返していた。もっとも、イフェスティオに向かう準備もあるので、乗組員達の多くはバルザックの船と接舷されたソーエンの船との間をひっきりなしに往復している。

バットの用意した船にはブレイドの暗殺計画を偽装する為か、あるいは戦勝祝いのクルージングを楽しむつもりだったのか、しっかり一カ月航海しても大丈夫なように食糧や酒が積み込まれていたらしいので、イフェスティオへの航海に向かうバルザックの船に移し替えているのだが………


「おーい。豚や羊はどうする？」

「もったいねえから出来る限り潰して持って行こう。へっ、しばらくは朝から晩まで肉尽くしだな」

「お頭達が酒樽追加だってよ」

「へえへえ。好きなだけやってくれ。いっそお頭の部屋を酒の貯水槽にしても構わねえぜ」

半ば自棄に言い放つ乗組員達の様子から、バルザックの船に載せるには過大な物資の量だと思われる。そういえば、二人も余剰廃棄の名目で酒盛りをしているんだったか。

バルザックは手下達を引き連れて自前の船で僕達をイフェスティオ大陸まで送り届けてくれる。ブレイドとククリは護衛として目的地までついて来てくれる。当初は実現不可能と計算していたメリアを帰すという旅の目的も現実味を帯びてきた。

【転生しても名無し】
そだねー。やっぱり仲間がたくさんできたってのは大きいよ
人間一人じゃ生きられないんだからさ
【◆バース】
せやなあ。特にこの世界じゃ旅は命がけだし、魔王軍とかいうヤバいのはおるし、人に頼らなやっていけへんで

ああ。実際、ここまで辿り着くまでに何度も死ぬような思いをさせられた。

「生きる」という目標を立ててからというもの、次から次に危険に巻きこまれ、想定外のことばかりが起きる。死ななかったのが不思議なくらいだ。

占拠されたアイゼンブルグからの脱出、森林地帯でのモンスターとの戦闘、アマルチアの宿屋での襲撃、ブレイドに喧嘩を売る、ブレイド暗殺計画に巻き込まれる、ブレイドの作戦に則り、上級魔族と決闘する……

【転生しても名無し】
あらためて羅列してみると、難易度ハードモード過ぎてワロタｗ
【◆マリオ】
大抵、敵がホムホムより格上だったし
つーか、後半ブレイドのせいばっかじゃないか！
【◆オジギソウ】
でも、生き残ろうと必死だったよね！
だから今生きているんだよ！
ホムホムは頑張ってる！
だから周りの人たちも助けてくれたんだよ！

周りの人……か。

僕の原初の記憶は培養液で満たされたカプセルの中に浮かんでいたこと。そこから出た後はひたすらに学習と戦闘訓練。周りに同胞達はいたが言葉ひとつ交わさず、教育係の人間達も人に物を教えるというよりは道具を組み立てる工程の一つとして僕達と接していて生命とはみなしていなかった。

アイゼンブルグの奪還作戦が成功していたとしても、サンタモニアのホムンクルスとして扱われている限り、僕は生きることも周りに人がいることも経験することはなかっただろう。

「クルスさん。アンタも好きに荷物持ち出したっていいんだぜ」

バルザックの手下の一人が僕に声をかけてきた。

「荷物？」

「ああ。食糧や水なんかは俺達で準備すっけど、着替えや下着は自分で用意してくれってこと。俺の穿き古したパンツで良ければいつでも貸してやるがな」

ヒヒッ、と薄く笑って男は船の奥に消えていった。

【転生しても名無し】
あー……もしかしなくてもホムホム女の子認定されているね
自分とこのボスが入れあげてるし、無理もないけど
【◆江口男爵】
たしかに女の子に自分のクサイ下着を着せるって、興奮するよな！
【転生しても名無し】
→同意求めてんじゃねえぞ、変態
あ、でも女の子が男物のボクサーパンツとか穿いてるのは好きです
【◆軍師助兵衛】
衣料の調達は馬鹿にできん。衛生状態が悪くなればこんな狭い船の中じゃすぐパンデミックを起こ

すぞ。話に乗っておけ
【◆与作】
メリアちゃんの分も集めておいたら？

助兵衛や与作の言う事はもっともだ。調達できるものはしておこう。

船内を潜るようにして船底部分に来ると、遊戯場と呼ばれていた場所に辿り着いた。この船の中で唯一、女が生活していた場所だ。女物の衣服や下着の替えがあるとすればここだろう。

【転生しても名無し】
ネタ抜きで嫌な事件だったね……
あの子たちマジかわいそうだったよ
【転生しても名無し】
ホムホム、ここの物を使うのはやめない？　なんていうか、縁起が悪いっていうか……
いや、別に彼女らのことを悪く言うつもりはないんだけど……
【◆軍師助兵衛】
→問題ないだろ。忌まわしい記憶と一緒に捨てていった荷物だ
物に罪はない

【転生ても名無し】
→そりゃそうだけどさあ。なんか気がひけるというか

妖精達はこの部屋のものを使うか使わないかで意見が分かれているようだが――――

ガタガタ、と部屋の中から物音がする。誰か先客がいるのか？


僕はノブに手をかけてドアをゆっくりと開け放った。

先客は――――ククリだった。

手際良く衣類を選別しつつ折り畳み、ベッドのシーツも持ち出す用意をしているようだ。


「クルス殿。少し出遅れましたね」

「みたいだな。あなたが使うのか？」

「私とブレイド様です。あの男が人形に用意しているものは仕立ても生地も良いですから。ちょっと手を加えれば一端（いっぱし）の装いになりますよ。いろいろ汚れたシーツも、洗って干せば綺麗なものです」


【転生しても名無し】

ククリ姐さんお裁縫や洗濯までこなせるなんてマジ良妻！

ええなあ……ブレイドニキ……

ククリはブレイドのために命を使いたい、と言っていた。

その言葉の意味は僕が推し量れるようなものではないが、こうやってブレイドの生活を良くするために働くこともその一環なのだろうと思った。

「クルス殿」

ククリが作業の手を止めて、腕に抱えていた衣類を置き僕に向き直る。

「バットとブレイド様の諍(いさか)いに無関係の貴方やメリア殿の身をも危険に晒してしまったこと……また、その後も私の軽挙妄動により混乱を招いたことを今こそ謝らせて下さい」

そう言って床に膝を突き、続けて頭と両手も擦り付けるように床につけた。

【転生しても名無し】

な、なんと美しい土下座!

【◆オジギソウ】

土下座なんてさせたらダメだよ、ホムホム!

「僕は謝られるようなことをされたとは思わない。あなたは戦いの原因であるバットを討ったし、あなたを助けたからといって僕が不利益を被ったわけじゃない」

僕がそう言うとククリは顔を上げた。その口元には笑みが浮かんでいた。

「あなたは本当に無垢でいらっしゃる。だからこそあなたの発する言葉は信用できる。ブレイド様がご執心になられるのも分かりますが……少し妬けてしまいます」

指で口元を隠すようにして笑うククリ。その仕草は流れるように流暢で落ち着き払っている。

「ブレイドは僕のことを良く思っているのだろうか。顔を合わせるたびに殴られているような気がするが」

「お気に入りだから鍛えておきたいのでしょう。常に危険な場所に飛び込みたがるあの方の傍にいるには身を守れるだけの力は不可欠です。私も朝寝終わりに武芸を仕込まれましたものですよ。まあ、加減を知らない方だから……あのお方のご寵愛(ちょうあい)を頂くということは楽ではありませんね」

【◆江口男爵】

ブレイド×ホムホム&ククリか……いいな

【転生しても名無し】

羨ましいなあ！　やっぱブレイドはもげて死ね！

【◆与作】

何はともあれククリ姐さんが元気そうで良かった。極悪人とはいえ父親を殺したりしたから引き摺

っているかと思ったけど

ふと、ククリは上目遣いで僕の目を覗き込んできた。そして、与作の発言に気付いたかのように、

「父殺しの女に吹っ切れた顔は似つかわしくないですか？」

と、問うてきた。僕がどう答えるべきか分からず沈黙している間にククリは立ち上がる。

「死ぬ間際にあの男は言い放ったのですよ。私は自分の子供じゃなく、知らないどこぞの馬の骨の子供だって。私の誇りを傷つけるつもりだったのかもしれませんけど、逆にホッとしたのですよ。あの男と血が繋がっていなくて。あの男の血を後の世に残さずに済むことに」

子供を作る、血を残す、血の繋がり。それらはホムンクルスである僕には縁がなく、理解しにくいものだ。分かっていることはククリはバットを嫌っていて、そのバットとの関係性が少なかったことが判明して喜んでいるということだが……たとえそうでなかったとしても、

「ククリ。あなたはこの部屋でモノとして扱われていた少女を哀れんでいた。そういうことをするバットを嫌悪していた。あなたはバットとは全く違う人間だ。あなたは……ククリだ」

僕がそう言うと、ククリは目を細めて白い歯を見せて笑い、僕の頬を指で柔らかく押した。

「フフ。そうですよね。最初からそうなんですよね。本当にあなたは無垢な人形のようです。腕の中で抱きかかえて可愛がってあげたいくらい」

「不必要にブレイドの怒りを買うのは避けたい」

 フフフ、と胸を震わせながら笑うククリ。笑い終えるとベッドの上に積んでいた女物の下着の束を手に取る。

「メリア殿のサイズに合いそうなものを選んでおきました。どれも洗濯済みですよ」

と言いながらそれらを袋に詰めて僕に手渡した。

受け取ると、ククリは再び荷造り作業に戻ったので部屋を後にした。


船の甲板に出た。マルートの攻撃魔術によって甲板上の建築物が根こそぎ吹き飛ばされたため、遮るものがない。だからか、酒瓶片手に子分達に指示を出しているバルザックがあっさりと僕を見つけ、一目散に駆け寄ってきた。

「おう！　戦利品はたんまりか？」

「戦利品……ああ、コレのことか。そうだな。必要な分は手に入ったと思う」

「上々、上々。じゃあ付き合えよ」

バルザックは顎で子分達に合図をして、酒やつまみを持ってこさせた。

「ブレイドと飲んでたんじゃないのか？」

「旦那は子分達相手に武勇伝を披露中だよ。俺は他人の武勇伝を楽しめるタチじゃねえからな。仕事のフリして逃げ出してきた」

ヘヘッ、と笑い僕のグラスに酒を注ぐバルザック。

彼が船で助けに来てくれなければ、僕達は漂流者となり果てていただろう。そうなれば、僕はともかく、体力のないメリアは真っ先に息絶えていた。

それだけではなく、アマルチアからソーエンに向かうのもソーエンからイフェスティオに向かうのも、航路が封鎖されている今、バルザックがいなければ実現できなかった。

たくさん、助けられた。

「ありがとう」

僕はバルザックに対して初めてこの言葉を口にする。多分、この状況とタイミングで間違いないはずだが、バルザックは呆気に取られた顔で固まっている。

「……お、おおう！　バッカ！　酒の酌するくらい当たり前だろ！　いきなりびっくりするだろうが！」

うろたえているのか笑っているのか怒っているのか。ともかく、不思議な表情をしている。

これは判断ミスだったか。

【転生しても名無し】

いーえ。こうかはばつぐんだ！

【◆オジギソウ】

男子高校生みたいな反応しやがってｗ

「バルザック。イフェスティオには行ったことあるのか？」

「ああ、勿論よ。若い頃はそれこそ陸地にいる時間なんてほとんどなかった。金が欲しい、名誉が欲しい、女が欲しい、力が欲しい。欲しいものだらけで体が一つじゃ追いつかなかった」

「今は違うのか？」

僕の問いにバルザックは苦笑いする。

「今だって欲しいものはあるさ。だが、昔と違って自分の領分みたいなものが見えてしまったんだな。月みたいに手を伸ばしても届かないものがこの世界には多すぎる。手につかんでもいつの間にか消えていたものも。イフェスティオで手に入れたもので今手元に残っているのはそういう人生訓だけさ」

「その話は……聞いていない」

バルザックにはアマルチアからソーエンに向かう船の中で様々な経験談を聞かされた。だが、イフェスティオにまつわる話は出てこなかった。そして、自慢に繋げない話も。

「話すネタは自分で選りすぐるに決まってんだろ。ましてお前さんを楽しませたいとあればな」

「あなたの話はどれも情報に富んでいる。知らないことを知るというのは楽しみのひとつ、だと思う」

「違いねえ。だからヒトは船なんて危なっかしい乗り物を発明したんだろうな」

バルザックは口元を歪めながら笑い、一息ついてから語り出した。

「あれは、十年以上前の夏の頃だった。シノギでイフェスティオの港町に滞在していた俺はある夜チンピラに絡まれている女を救った。そりゃあもうすげえ別嬪(べっぴん)だった、がそれ以上に吸っている空気すら違うような高貴さを備えていた。それもそのはず、その街を治める領主様のご令嬢だったんだ」

「貴族の娘がチンピラに襲われるような場所に？」

僕の疑問に対してバルザックは苦笑する。

「好いてる男が住んでいたのさ。冒険者、というには妙に気位の高い男だった。金にならない依頼を受けたり、依頼でなくとも救いを求めるヤツのためなら命がけで死地に向かうようなヤツだった。偏屈で面白味もねえつまらん男だが、彼女には聖人や英雄のように見えたんだろうよ。親や家人の目を誤魔化してヤツの世話を焼いていた。羨ましい限りだったぜ。俺が猛烈にアプローチしてるのに全くなびかねえし、それどころか二人の逢瀬の手伝いをさせられていたんだ。ひでえザマさ」

自虐的に語るバルザック。だが、苦々しい顔はせず、むしろ自慢げな顔をしている。

「アマルチアに帰る船を見送って、奴らの周りをチョロチョロ立ち回っていた。もちろん彼女を掠め取るためにな。だけど、いつのまにか二人の仲を取り持つ共犯者であり、友人……みたいな妙な関係に落ち着いちまった。無頼漢の俺がずっと浸っていたくなるくらい心地よい季節だった。もし、あのまま二人があの街で結ばれるようなことになっていれば、俺は船を降りていたかもしれねえな」

「ならなかったのか？」

「そりゃあな。冒険者なんざ海賊と大差ねえ。政略の道具に使える貴重な娘をみすみすゴミ箱に放り込むお貴族様はいねえさ。彼女も例外ではなく、遠く離れた辺境の貴族との縁談が持ち上がっちまった。二人は半ば諦めていたな。初めて通じ合った時から、いつかこんな日が来ると覚悟はしていたとのたまいやがった。俺は『ふざけんな』って一喝した。当時の俺はどんなことでもやってやれないことはないと思い込んでいたからな。『二人が結ばれる以外の結末なんてあっちゃいけねえ』そう言って二人を唆したのさ。二人で逃げ出して別の国に行っちまえ、とな」

【◆ダイソン】
バルザック船長やるなあ！
【転生しても名無し】
wktk　続きはよ
【◆アニー】
え、ちょっと待って。最初の口ぶりだとこの話の結末って……

バルザックは酒の入ったグラスを呷った。それからしばらく沈黙が続く。

「俺の……ミスだったんだ」

鉛を引き摺り出すように発された言葉。それにはバルザックが初めて見せた感情がこもっていた。

「船に乗るために彼女の身分証の偽造を依頼していたんだが、そいつが摘発されて芋づる式に全部バレちまった。港で待ち構えていた令嬢の兄が率いる憲兵隊に男は取り押さえられた。俺は樽の中に身を潜めて助かったが、男は彼女の目の前で首をはねられた。酒の匂いの染み付いた樽の中で彼女が壊れるように泣くのを、俺は黙って見ていたのさ」

バルザックの顔がいつもより紅く染まっており、目も充血していた。

【転生しても名無し】
うわあああああ……つれえ……つれえよお……

【◆湘南の爆弾天使】
こんな切ねえ話しなかったじゃねえかよ。隠してやがったんか、ゴルァ！

【◆野豚】
そりゃあ、話せないだろう。本人にとってはみっともなくて、隠しておきたい過去の汚点だ

「その貴族の娘はどうなった？」

「さあな。本来、俺達みたいな下賤の者には関わることのないお方だったんだ。噂話を聞くことすら恐れ多い。親の希望どおり貴族様に嫁いだか、教会や寺院に放り込まれたか、あるいは世を儚んで……今更知りたいとも思わねえがな。情けない話だ。恋敵がいなくなったにもかかわらずおめおめとサンタモニアに逃げ帰っちまったからな。もしブレイドの旦那くらい強かったら彼女を連れ去ったかもしれねえけどなあ」

バルザックの酒瓶が空になった。つまらなそうにそれを投げ捨てると、バルザックは軽くふらつきながら僕から離れていく。

「バルザック」

僕は呼び止めるが、バルザックは振り向かない。

「どうしてその話をした？　あなたにとっては隠しておきたかったことなのだろう」

「……ブレイド旦那は強い。腕っ節だけじゃなくて度胸も凄え。自分の命を囮にして老獪なライバルを出し抜き、魔族を容易く叩き切る。そして、その旦那と肩並べて戦えるクルス、お前もとんでもねえ傑物だ。俺なんかとは……比べ物にならねえ」

バルザックは大きなため息を吐いた。

「こっから先の旅は本気で命がけだからな。危ねえと言っても一応人間の暮らすソーエンに行くのと魔王軍の魔物や魔族が蔓延る海を抜けてイフェスティオに向かうのは危険が桁違いだ。命の危機に無様晒すところを見られて、お前さんに失望される前に弱みを見せときたいってだけさ」

卑屈な物言いに背中が少し小さく見えた。悪酔いしているのかもしれないが、こんな状態のバルザックに命を預けることはできない、と思い、

「大丈夫だ。あなたは僕が守る」

と言った。バルザックは驚いたような顔で振り向く。

「……メリアの安全が確保されて、余裕がある状態であれば」

と、僕が続けると、バルザックはたたらを踏んで転げかけた。

「クックック……まったく、お熱いことで。ああ、十分だよ。お前さんにゃ既に一度借りがあるんだ。そう何度も助けられてちゃ男が廃る（すた）ってもんだ」

【転生しても名無し】
惚れた女？　に助けられっぱなしじゃ格好つかないわなw
【◆体育教授】
腕っ節の強さばかりじゃ測れない
力の在り方は多様だから
助け合うことで世の中回ってる

サンタモニアの人間達が生き残る為の武力としてホムンクルスを欲しがったように、僕も生きていく中で足りない部分を埋める為に他人を必要としている。バルザックがいなければ僕は今ここにおらず、今の僕になれていない。助けられっぱなしでは決してない。

「あなたは堂々としていてくれ。怯えた指揮官に振り回されるのはろくでもないことだから」

バルザックは僕の肩に手を置いて耳元に語りかけてきた。

「クルス。お前さんと海に出れて心底うれしいぜ。海の女神に感謝だ」

「僕が船に乗っているのはメリアのためだ。ならば――――海の女神はメリアなのか？」

「ハッハッハ！　かもしれねえな。女神の乗る船なんて縁起がいい！　この航海は万事うまくいくことだろうよ！」

バルザックの大きな笑い声は晴れた空に吸い込まれていった。


積荷の移動が終わった。乗組員達は全員バルザックの船に移り、ソーエンの船はもぬけの殻となった。今、まさに二つの船が離れようとした瞬間、

「クルス。来な」

ブレイドが僕の横をすれ違いざまにそう呟く。ヒョイっと軽い身のこなしで船の間を飛び越えてソーエンの船の甲板に着地する。

「旦那？　どうかしましたかい？」

「ん。ちょっと野暮用」

ブレイドが顎で僕に来るよう指図する。僕は躊躇うが、ククリが肩を叩いてきて、

「メリア殿のことならばご安心を。私も付いておりますし、そもそもこの船の乗組員であなたの不興を買いたい人間はいませんよ」

【◆軍師助兵衛】
頭領の想い人でブレイドの護衛対象でしかもこの船の上ではナンバー2の武力の持ち主だからな
ククリの言う通り、安心していいだろう
【転生しても名無し】
ホムホムもたくさん肩書きがついたもんだw

メリアと短く言葉を交わすとすぐさま向こうの船に飛び乗った。ブレイドは僕に背中を向けたまま船室に下っていった。


「行ってくる」

「はい」


船倉を歩くブレイドは無言で、周囲に気を留めず迷いなく足を進め、ある部屋に入った。中は既にバルザックの子分達が荒らした後で乱雑に物が散乱していた。ブレイドは軽く辺りを見渡すと床に落ちていた一冊の書物を拾った。

「田舎海賊じゃコイツの価値は分からんか」

表紙についたホコリを払いながら苦笑する。

「その本は？」

「バットのアニキにとって聖典とも言える書物だよ。昔の軍学者が書いたものを現代風に整えた啓発書で情報収集の重要性や人心掌握のコツなんかを書きたくっている。俺もガキの頃貸してもらって読んだもんさ。昔は割と尊敬してたんだぜ。腕っ節の強さが身上の世界で頭だけでのし上がった傑物だからな」

【転生しても名無し】
自分の娘に売春婦紛いのことをさせる傑物ねえ……
【転生しても名無し】
最終的には敵対しちゃったけど、あいつがいなけりゃククリさんとも出会えなかっただろうし、ブレイド的には複雑だよな
【◆バース】
自分の人格形成に影響与えてる人物って必ずしも好意的な間柄ばっかちゃうからな
ファンもアンチもいるから球界が盛り上がりを見せるのと同じことや
【転生しても名無し】
→後ろの一行、必要だったか？

「どうして僕を呼んだ？　それを拾いに来るだけなら一人でも――――」

突然、ブレイドが僕に本を投げつけてきた。かろうじて反応できた僕は胸で受け止めるようにして本を摑む。

「くれてやるよ。俺はもう諳（そら）んじられるくらい読み込んでるからな。こいつでチャラにしてくれ」

「チャラ？」

「胸ぐら掴み上げて怒鳴っちまったことだよ……ほら、ククリを連れて帰ってきた時」

「ああ……思い出した」

たしかに怒りや苛立ちをぶつけられたが、

「殴られたり蹴られたりしたことを思えば些細なことだ」

と言うとブレイドは「それもそうか」と小さく笑った。

「なあ、お前はどうしてそんなに人間っぽくなったんだ？　ホムンクルスについての情報はある程度は把握していた。だが、お前のように曲がりなりとも人間社会に溶け込めるほどの柔軟で積極的な思考力を備えているとはどこにも記されていなかった。お前が最新型だからできる芸当なのか？」

【◆まっつん】
あー、それは気になるよな！
ホムホムの思考性能って程良くファジーなところあるし
【◆マリオ】
フローシアもホムホムの出来については驚きを隠せてなかったしねえ
やっぱ、俺らと接触したことで何かしらの特異点が生まれてるんじゃない？
【◆野豚】
前も言ったけど、俺らのことは隠しておきな

「……アイゼンブルグから脱出する際に強く頭を打った。そこで何らかのエラーが発生してしまったのかもしれない」

「偶然の産物か。そうあってくれる事を願うぜ。どうにもサンタモニアは信用ならねえ。人間の代わりに戦う兵器にヒトの形を与えるんだからな」

「どういう意味だ？」

「言葉のまんまさ。戦闘用の兵器をわざわざヒトを模して作る必要がねえ。しかも人形みたいな作り物とわかるものじゃなくて、普通の人間と何ら変わりなく再現されている。この手間を抜けば、もっと生産コストも時間も抑えられる。兵站の基本は早く安く最低限の基準を満たす、だ。加えて、連中はホムンクルスの存在を公にしていない。同盟国であるイフェスティオにすらな。俺でも手に入れられる情報なんだから、向こうの上層部も把握していないとは思えないが……大衆には伝達されていない」

　そう言って、ブレイドはカチン、と剣の鯉口を切った。

「一度しか問わねえ。クルス、お前は本当に嬢ちゃんを送り届けるためだけにイフェスティオに向かっているのか？」

　顔色は変わっていない。普段は怒ったり笑ったりのどちらかに振り切った表情をしているが、今は何も読み取れない能面のような顔をしている。その事が余計に僕の危険感知機能に訴えかける。きっとブレイドは僕をサンタモニアの工作員だと疑っているのだろう。

【転生しても名無し】

ヤバイヤバイヤバイ!!　誰かネゴシエーター経験豊富な人!!

【転生しても名無し】

これノベルゲーで言うとこの、選択肢間違ったらバッドエンド直行展開!?

【◆マリオ】

選択肢じゃなくて記述式だがな。試験官がきまぐれヤクザの

返答に時間をかける事さえ、不信を抱かれかねない。妖精達の助言を待つ暇はない。

「そうだ。僕の目的はメリアをイフェスティオに送り届ける。それだけだ」

「誰に命じられた？　あと、その行動に何の意味がある？」

「誰にも。僕が自分で決めた事。意味は………今、探しているところだ」

「は？」

武芸も言葉も小手先の技巧でやり込められる相手では無い。僕の中にあるものを全てさらけ出して、ダメなら覚悟を決めるしか無い。

「僕は、サンタモニアに捨てられた。人間の将官を救出する任務に就いていたが、既に救出対象は殺されていて、生還する事を命じられず、その場に残り、意味もなく死ぬ事が望まれていた。だけど、僕は生き残った。サンタモニアの命令を上書きし、『生きること』を目的に活動する事を自分自身に定めた。だけど、僕に生きることがどういうことかはインプットされていない。あまりに曖昧で多様な意味を持つこの言葉を理解するために、経験を欲している」

　ブレイドはギョロリと見開いた瞳で僕を舐めるように見つめる。

「その経験を積むための手段が嬢ちゃんの護衛ということか。なるほどなるほど、筋が通っている」

　ふと口元を緩め、鞘の底を床に突き立てた。

「悪かったな。試すような真似をして。お前があまりに出来が良いもんだからいろいろ悪い想像が浮かんじまってな」

「構わない。あなたの用心深さは長所だ。一緒に旅をする上で心強い」

　僕がそう言うとブレイドは大声で笑い、僕の肩に手をやった。

「ククリにお前が説教した理由もよく分かった。あの時はありがとうな。おかげでアイツも早く立ち直れた」

「僕が力になれたのか？」

「あったりまえだろ！　俺もお前と旅するのは心強いし……楽しみになってきたぜ」

　僕はブレイドに肩を組まれながら、船室を後にし甲板に出た。

　目の前に浮かぶバルザックの船。その欄干から身を乗り出すような姿勢でメリアとククリが僕達を待っていた。

「出発だ！　野郎ども！　目的地はイフェスティオ帝国北部領ベルンデルタ!!　久方ぶりの外洋航海！　しかも航路は魔王軍の勢力範囲を突っ切る！　だが恐れることはねえ!!　海と女はいつだって良い男に微笑む！　男の魅せ時だ！　気合入れて行け!!」

バルザックの怒号のような演説を背に子分達が錨を上げ、マストを広げて風を摑む。みるみる間に半壊したソーエンの船から離れて行き、目に映るのは青い海原だけとなった。

【転生しても名無し】
ここからしばらくまた船旅かあ。何もする事無いし退屈しそうだなあ
【転生しても名無し】
退屈できるなら万々歳だよ。船の上って逃げ場ないし、このまま平穏な旅が続く事を願うだけだ
【◆軍師助兵衛】
お前ら嫌なフラグを立てるな。あと、ホムホム。折角ブレイドがいるんだ。しっかり稽古つけてもらえ。今のお前じゃ超越者や上級魔族には勝てないんだからな。あと、メリアもククリに仕込んでもらえ。多少なりと自衛できなきゃ話にならん
【◆まっつん】
スパルタ過ぎて草w

いや、助兵衛の言うとおりだろう。メリアの自衛能力は高まれば高まるほど良い。それに、僕自身も戦闘経験の蓄積が能力向上に直結するのならやっておくべきだろう。

【◆体育教授】
経験の蓄積か。

さっきのブレイドとのやり取りもその成果の一つ
少し前のホムホムならばあんな風に答えられなかったろう
【◆バース】
せやなあ。ストレートど真ん中に思いっきり投げ込むような爽快さやった
成長したなあ、ホムホム

対人折衝については急速に経験を蓄積しているからな。
主にあなた達が僕の脳内で関係ない事ある事たくさん騒ぎ立てるおかげで。

【◆江口男爵】
まったく。必死で生きているホムホムの頭の中で悪ふざけするのはほどほどにしなよ！
【◆ダイソン】
お前が言うなｗｗｗ

いつものように騒ぎ始める妖精達の賑わいを無視するように僕は歩みを進める。船尾楼の上に立ち、空と水面を眺めるメリアの横で僕は足を止めた。

「何をしているんだ？」
「え、ああ……なんだか不思議な気分で、ぼんやりしていました」

「不思議？」

「アイゼンブルグの地下で倒れた時、もう故郷の土を踏むことはできないんだって思っていましたから。それがまさか海路でソーエンを経由してイフェスティオに戻れるなんて」

「まだイフェスティオに着いたわけじゃない」

「言われなくても分かっていますよ。本当にクルスさんはクルスさんというか……」

苦笑いするメリア。この様子だと僕の発言を面白がっているようだ。


僕にとって最も関わりの深い人間であり、人間という生き物について教えてくれるメリア。経験の蓄積が能力を向上させるというのであれば、メリアと接していく中で僕はどんどん人間らしい振る舞いを身につけているということになる。彼女と行動することは、僕にとって有益であり、心地いいと感じる。

だが、彼女にとってこの旅は苦難そのものだろう。戦う術もろくにもたない、非力な少女が命の危機に何度もさらされている。僕はもしかすると彼女の不幸を食い物にして自分の利益を得ている……まるで悪党とされる人間のように。


「メリアの旅が一刻も早く終わるよう、僕も力を尽くす」

それがきっとメリアの為になる。人間の為に造られたホムンクルスが自分の為に人間を苦しめて良い道理などないのだから。

沈黙が訪れる。心地良いとは思えない感覚から逃げる為、僕はこの場を離れようとした、その時だった。

「クルスさん。まだ旅は終わっていないですし、今まで大変なこと続きだったけど……一つだけ良かったたって思える事があるんです」

メリアは手を後ろに組んで、僕を上目遣いで見やる。普段より少し赤い頬をして、そっと丁寧に差し出すように、

「あなたに出逢えたこと」


と、僕にささやいた。

波や海風の音が一斉に止んだような錯覚をするくらいハッキリと僕の耳にその言葉は突き刺さった。

「大袈裟に聞こえるかもしれませんが、あなたに出逢った時から私の中で止まっていた時間が動き出したような気がするんです。あなたが守ってくれることで、私は自分が生きている事を実感できたというか、生きようと思えたというか……その分、クルスさんに痛いことや怖いことを押し付けてしまっているので、ヒドイ奴だとは自覚してますけど」

驚いた——というのはこういう状態を意味するのだろう。まったく想像もしない方向からメリアは僕との関係を捉えていた。そのことに思考が急停止し、再起動させようにもまとまらない。

「僕は……ただ、メリアを危険から守ってきただけだ」

「それは私に守る価値があるって、言ってくれたようなものです。あなたが守ってくれた私だから、

大切にしたいって思えるんです。こんな風に自分のことを思えるのはあなたのおかげだから……私はクルスさんに出逢えてよかった」


【転生しても名無し】

キター！！！！　ホムホムこれはイケるぞ！！！！

【◆与作】

静かに！　黙れ！　口出すな！　ホムホムに全部任せるんだ！

俺たちが余計なこと口走ってそれを参考にホムホムが行動したらホムホムの行動じゃないだろう！

命がかかっている局面で打開策を与えるのはいいけど、こういうエモーショナルな局面において俺たちが口出すのはなんか違う!!

【転生しても名無し】
→めっちゃ早口で言ってそうw
【◆野豚】

ともあれ、与作に全面同意！

妖精各員待機!!　しばらくROMってろ！


脳内が水を打った様に静まり返った。

……こんな時、僕はどうしたらいいのだろう。メリアの言葉に賛同するべきなのか、自分なりの分析結果を言うべきなのか、それとも言葉以外の行動で何かを示すべきなのか。僕には情報が不足している。

なのに僕は自分の口から、

「うれしい」

と発していた。

…………そうか。僕はうれしかったんだ。僕がやってきた事がメリアにとって良い事だったから。この湧き立つような心地よさがうれしいという感情なんだ。

「メリア、あなたは本当に僕に色々なことを教えてくれる」

「そうですか？　お役に立ててるなら光栄です」

役に立つ、なんてものじゃない。世界最高峰の魔術師や魔導研究者が束になってもたどり着かなかった感情を理解し、発露できるホムンクルスを生み出してしまったのだから。呑気そうに僕の隣で微笑むメリアを見ていると、偶然というのはよくできていると思う。こんな偶然と出会えるのだから生きるということは本当に…………

「僕も同じだ」

旅はまだ終わらない。この先のことなど何も分からない。

それでも僕は、この生まれたての感情をメリアに伝えたくて、伝えたくて、仕方がない。

「僕もメリアに出逢えたことが――――うれしい」

あとがき

『ホムンクルスはROMらない』をお読みいただきありがとうございました！

拙作は当初「小説家になろう」のサイト上で公開していましたが、第一回アース・スターノベル大賞にて佳作を頂戴したことにより、この度書籍化していただくこととなりました。

私は小説を書き始めてからは日が浅く、長編小説となるとこれが処女作に当たります。ですが、これまでの人生において様々なジャンルの創作活動に勤しんでいました。演劇、ゲーム、映画、SS、やる夫スレ……非才ながらも創作人生の中で培った経験が今回、結実したと思っています。

この物語の主人公のホムホム（クルス）は人間ではない〝モノ〟であり、感情や目的も備えていません。そんな彼（彼女？）が成長し、生を謳歌していくことが主題となっています。人間とは異なる存在の彼の生き様は、逆に人間を人間たらしめている業や情を浮き彫りにしていくことでしょう。ホムホムを導き育てる周りの人間達もイノセントな彼の言動に影響を受けたり、気づきを与えられたりして成長していきます。人類の存亡を賭けた戦いが繰り広げられている残酷で厳しい世界。

その中で必死に生きようとする者達を描いた人間賛歌…………と、これだけなら上品なヒューマンドラマで綺麗に纏まっていたのでしょうが――

私は！　何をトチ狂ったか！

現代社会における〝ヤバイ奴らの集会所みたいなもん〟であるインターネット掲示板にホムホムをアクセスさせちゃったんですよね！　welcome to underground!

こんな立派な大判小説本なのに2ちゃん用語、なんJ語のレスが飛び交うカオスな書物になっちゃいました!!　どうしてこうなった!?　実際、編集部でも授賞させたものの「コレ、どうやって本にするんだよ……」（関係者談）と途方に暮れたとか暮れなかったとか。

とはいえ、私は上品なヒューマンドラマと同じくらい匿名掲示板のグチャグチャしたノリが好きなんですよね。根性悪いヤツもたくさんいるし、デマや不謹慎な言葉が飛び交ったりするけど、あの無責任なノリとか、妙にウイットの効いたやり取りとか、謎の一体感が生まれたりするのを眺めていると「人間ってくだらなくも愛おしいなあ」という気分になります。

だから、好きなものと好きなものを掛け合わせて、こんな物語を作りました。以降も私の好きなものをバンバンブチ込んでいきたいと思います。


さて、ＷＥＢ版を読んでいらっしゃる方は薄々感づいているかもしれませんが……書籍版は割と別物になりますよ。もしかするとエヴァ◯ゲリオンとヱヴァ◯ゲリヲンくらい。

今回書籍化するにあたって、心掛けていることはＷＥＢ版を読んでいた読者さんも新規の読者さんも両方楽しめる本にするということです。

拙かった文章を少しはマシにしたり、連載時には思い付けなかったり描ききれなかったりしたシーンを盛り込んで、より物語に奥行きや頑丈さを与えていくつもりです。その結果、運命が変わってしまうキャラがいるかもですね。主となるストーリーは変えないつもりですが、新鮮な楽しさを皆様にお届けしたいです。

そして、なんと言っても書籍化の最大の魅力は物語にイラストが加わったこと！　これは嬉しい！　特に私が!!　マシマサキさんの超美麗なイラストが大判サイズで楽しめるんですよ!!　いや、もうね、最初にキャラデザ見せて頂いた瞬間、めっちゃ気持ち悪い声出して悶えましたよ。私の頭の中にぼんやりあったイメージを上回るカッコよく可愛いホムホム達がそこに描かれていたんですから。

昔、バンド物の漫画の中で「100万人に聴かせて恥ずかしくないのは○○のドラムだけだ」と、メジャーデビュー前の主人公達を叱咤激励する台詞があったんですけど、まさに私の現状がそんな感じですね。マシマサキさんの絵は100万部売れて然るべきだけど、私の作品はその域に達しているのか？　いや、まだまだ。だけど私はこんなもんじゃない。もっと上手くなって面白い物語を引き出せるようになって、この絵がふさわしい物語を創るんだ！

と、決意を新たになんとか改稿、書き下ろし作業にひと段落をつけて作者としての最初の務めをとりあえず果たした……ハズ。

その中で思い知ったのが「小説を書くことと本を作ることは全然違う」ということです。出版に関わるたくさんの人の時間と労力を使わせること。読者からお金を取ること。お金を取るに見合った満足感を提供しなくちゃいけないこと。

恐ろしい世界に飛び込んでしまった感が凄いですね。ですが、人生にこれだけ面白いことはそうあることじゃない、と前向きにそして貪欲にラノベ作家業を楽しもうと思います。

最後にお世話になった方々に感謝を。

本作に栄えある賞を授けてくれたアース・スターノベル編集部の皆様。
私を褒めながら上手にコントロールしてくれる担当編集様。
理想を超えた最高の絵で物語を彩ってくれるマシマサキ様。

創作の楽しみを教えてくれた大学時代のサークルとそのメンバー。
楽しい時も辛い時も仲良くしてくれていろいろ連れ回してくれた友人達。
道楽息子を暖かく見守り育ててくれた両親。
私のそばで生きてくれている妻と息子。
そして、本作の世界に触れてくれた全ての読者の方々。

おかげさまで人生楽しいです！　ありがとうございます！
今後もお付き合いをよろしくお願いします。

読んでいる最中、
気がつくと妖精さんたちに混ざって
必死に皆を応援して
いる私がそこにいました…

GoGoホムホム!!

がココにある。

ホムンクルスはROMらない
～異世界にいるホムンクルスがレス返ししてきた件～

発行 ―――――― 2020年4月15日　初版第1刷発行

著者 ―――――― 五月雨きょうすけ

イラストレーター ―――― マシマサキ

装丁デザイン ―――― 石田 隆（ムシカゴグラフィクス）

発行者 ―――――― 幕内和博

編集 ―――――― 今井辰実

発行所 ―――――― 株式会社 アース・スター エンターテイメント
〒141-0021　東京都品川区上大崎 3-1-1
目黒セントラルスクエア　5F
TEL：03-5561-7630
FAX：03-5561-7632
https://www.es-novel.jp/

印刷・製本 ―――――― 中央精版印刷株式会社

ISBN 978-4-8030-1405-1